KB266415

소백산맥 ⑯

희대미문稀代未聞의 영웅 3

소백산맥 ⑯ 희대미문(稀代未聞)의 영웅 3

발행일　　　2026년 5월 1일

지은이　　　이서빈
펴낸이　　　손형국
펴낸곳　　　(주)북랩

출판등록　　2004. 12. 1(제2012-000051호)
주소　　　　서울특별시 금천구 가산디지털 1로 168, 우림라이온스밸리 B동 B111호, B113~115호
홈페이지　　www.book.co.kr
전화번호　　(02)2026-5777　　　　　　　　　　　　　팩스　　(02)3159-9637

ISBN　　　979-11-7598-233-8 03810 (종이책)　　　　979-11-7598-234-5 05810 (전자책)

작가 연락처 문의 ▶ ask.book.co.kr

전용 게시판에 문의를 남기시면 저자에게 직접 전달됩니다.

(주)북랩 성공출판의 파트너
북랩 홈페이지와 SNS에서 다양한 출판 솔루션을 만나 보세요!
홈페이지 book.co.kr　　•　**블로그** blog.naver.com/essaybook　　•　**출판문의** text@book.co.kr
카톡채널 북랩

이서빈 대하소설

소백산맥

16

희대미문稀代未聞의 영웅 3

북랩

머리말

왜 사람은 살아야만 할까?

이 시소설은 외지고 황량한 시대를 외나무다리 건너듯 건너온
선조들과 우리의 이야기다. 선조들은 조선 5백 년이 일본에 어이없
이 무너지고 대혼란을 겪으면서 그 참담하고 암울한 상실의 시대
를 살아내기 위해 시시각각 밀려오는 죽음의 공포와 싸웠다. 천신
만고 끝에 나라의 주권을 되찾기까지 반쪽짜리 나라에서 당해야
했던 그 많은 수모는 형언하기 어려울 정도다.

숨을 쉬는 것이 신기할 만큼 내일을 보장할 수 없던 참혹한 시
대. 숨 속에도 죽음과 불안이 섞여 드나들던 시대의 이야기를 시
작(詩作)의 키보다 더 높은 자료들을 모아 적어 내려갔다. 아직 세
상에 태어나지 못해 역사에 묻혀 있는 말들을 시말서를 쓰듯 내
청춘의 기나긴 시간을 하얗게 지우면서 머릿속을 탈탈 털어 시적
인 언어로 썼기에 시소설이라 이름 붙였다.

『소백산맥』은 일제 저항기 시체실에 몸을 숨기며 / 나라를 찾아 건국이 되고 / 공산주의 야욕인 6.25 전쟁에서 나라를 지켜 / 오늘날 경제 강국이 되기까지 살아온, / 그럼에도 불구하고 살아내야만 했던 격변기(激變期)로부터 / 세계 모든 사람이 우리나라에 살고 싶어 하는 순간까지 / 긴 여정을 그려낸 소설 같은 이야기이다.

35년 전통 '영주신문'에 연재 중 독자의 요청이 많아 총 17권 중 연재가 끝난 1~11권을 이미 출간했고, 그 후속으로 12~17권을 출판한다. 총 17권의 대하소설을 연재할 수 있도록 지면을 내어주신 '영주신문'에 깊은 감사를 드린다.

『소백산맥』은 입으로 다 말할 수 없는 삶의 이야기들을 유교 사상이 에워싸고 있는 영남의 명산 소백산 자락 영주 지방을 무대로 삼아 펼쳐내었다. 소설 속 사라져가는 우리나라의 미풍양속과 문화, 그리고 구전 이야기에 많은 관심을 가져주신 독자 여러분께 깊이 감사드리며, 『소백산맥』 대장정의 마무리에도 변함없는 관심을 부탁드린다.

2026년 4월

이서빈

목차

희대미문(稀代未聞)의 영웅

29

1971년 2월 2일

오늘은 상지원에 가기로 했다. 새벽 찬바람을 타고 상지원에 도착하니 다시 심장이 멎는 듯 먹먹해졌다. 상지원에는 국경일도 아닌데 집집마다 태극기가 춤을 추고 있었다. 태극기는 바람의 치맛자락을 잡아 흔들고 있었다. 감격스러움을 타고 학교에 도착했다. 학생들은 우리 일행이 도착하자 학교 운동장에 줄을 서서 '잘 살아 보세' 노래를 부르고 있었다.

숨이 막힐 것 같았다. 그들은 노래를 끝내고 일행에게 손을 흔들었다. 손에 손에 든 태극기가 우리를 향해 웃었다. 그들은 그렇게 우리를 최대의 애정으로 환영하고 있었다. 자세히 보니 그 환영 물

결에는 아기를 둘러업은 아낙네들이 눈물을 글썽이며 새마을 노래
를 목청껏 부르고 있었고 나이 든 어르신도 있었다. 감동의 물결이
파도처럼 몰려들었다. 나는 환영 나온 사람들의 손을 일일이 잡아
주었다. 비록 병이 얼굴 모습과 손이 일그러지게 만들어 병에게 침
범당하고 있었지만 그들의 마음은 순수하고 진실하고 따뜻했다.

나는 환영식이 끝나고 상지원의 가가호호를 방문하여 부엌 안까지
살펴보았다. 그러나 안 보는 것이 나았을 걸 그랬다. 그들이 살아가
는 생활은 그냥 하루하루 버티는 삶이었다. 희망도 용기도 한 마리
살지 않는 어두운 토굴에 갇혀 하루하루 견디고 있다는 것이 더 정
확한 표현일 것이다. 내가 일일이 손을 잡고 용기를 잃지 않도록 격
려해 주었지만, 그 잠시의 격려조차도 사치스럽다는 생각이 들었다.

자꾸만 그들이 눈에 밟혀 잠이 오질 않는다. 남편이 말했다. "임
자는 나환자촌에만 다녀오면 잠을 거기에 두고 오는구려!" 그 말
이 귀에는 들렸지만, 가슴을 열지는 못했다. 바람이 창으로 들어
와 그 말을 얼려 버렸다.

1971년 2월 15일

아침 일찍 대구로 향했다. 차 안에서 기도했다. 제발, 사상자가
많지 않기를. 기도와 달리 인명 피해가 크다. 다친 사람도 많다. 가

　　　　소백산맥 ⑯

슴이 까만 숯덩이로 변했다. 숯덩이가 된 가슴을 안고 서울로 돌아왔다. 다음 달 특별비를 모두 지원해도 모자랄 것 같다. 남편 월급을 보태서라도 저들의 치료비를 지원해야 한다. 다친 분들이 회복될 때까지. 그렇지만 그건 화상만 치료하는 것이지 저들의 가슴은 어떻게 치료해야 할지!

1971년 3월 30일

오늘 귀한 분들이 청와대를 찾아왔다. 대구 화재에서 다쳤던 분들이다. 얼마나 반갑고 고맙고 대견스러운지 눈물이 앞을 가렸다. 반가워서 울고 고마워서 울고 대견스러워서 울었다. 내 몸속에는 왜 이리 눈물이 많이 사는지 퍼내도 퍼내도 끝이 없다. 이를 지켜본 근혜가 어른스러운 말을 한다. '엄마, 사람들 앞에서 너무 우시지 마세요. 아버지 체면도 있는데 엄마는 눈물이 너무 많아요. 좀 참고 사람들이 간 뒤에 우세요.' 했다. 딸의 말이 맞아 참아보려고 애를 썼지만, 눈물샘이 고장이 난 것 같다. 그들을 보자 주책없이 눈물이 먼저 달려 나왔다.

1971년 4월 19일

　많은 예술가가 경제적 어려움을 겪고 있다는 뉴스를 보았다. 이들을 위해서 무엇을 해줘야 할까? 근혜에게 조언을 들을까? 그게 좋을 것 같아서 물었더니 근혜는 '엄마, 어려운 화가들 작품을 구입해 주면 희망과 용기를 가지고 살 수 있지 않을까요? 그리고 문학가들이 낸 작품도 좀 구매해 주시고, 정말 어려운 분에겐 희망과 용기를 주는 생활비를 조금씩 정기적으로 주는 것도 좋은 방법일 것 같아요.' 했다. 그래서 그러기로 생각한다.
　그런데 문제는 특활비로는 어림도 없고 늘 남편의 월급을 당겨 쓰는데도 한강에 돌 던지기니 어찌해야 좋을까?

1972년 3월 1일

　오늘은 나병을 앓고 있는 환자들이 살아갈 희망 씨를 뿌려야겠다는 생각이 모종 되는 날이었다. 오늘 양지회 회원들이 700여 마리의 새끼 돼지를 사서 나누어주었기 때문이다. 상지원을 비롯해 여러 곳에 골고루 미약하지만, 희망을 품고 살도록 해주어야겠다는 생각을 했다. 제발, 이 희망들이 무럭무럭 잘 자라 새끼를 낳고 또 새끼를 낳아 100배 1,000배로 늘어나 희망 꽃이 나환자촌 전체를 넝쿨 지게 하길 바라는 간절한 기도도 함께 동봉해 보냈다.

그런데 또 걱정 한 마리가 달려왔다. 대구의 한 공장에서 큰불이 났다는 것이다. 공장화재가 얼마나 무서운 일인데 제발 인명 피해가 없어야 할 텐데 기도를 모으며 어서 날이 밝기를 기다린다.

1972년 11월 1일

양지회 회원들과 상지원을 찾았다. 희망들이 무럭무럭 자라 있기를 바라면서 상지원에 도착했다. 내 마음을 알기라도 한 듯 상지원 대표가 우리에게 정착촌의 현황을 설명하면서 '양지회에서 보내 주신 돼지를 잘 키우고 있습니다. 그런데 가끔 새끼 돼지가 감기를 앓거나 다른 질병에 걸리기도 합니다. 그럴 때 우리 상지원 사람들은 돼지를 아예 방안에 데리고 와서 치료하면서 같이 먹고 자고 합니다. 돼지들은 우리의 마음을 알고 잘 따라서 다시 기운을 차립니다. 돼지는 우리 같은 병을 앓는 사람들도 차별하지 않고 잘 따르고 좋아합니다.'

상지원 대표의 말이 비수처럼 가슴에 꽂혀서 빠지지 않는다. 얼마나 냉대를 받았기에 저런 말을 할까 싶다. 그래도 돼지들이 그들에게 위안이 된다니 천만다행이라는 생각이 든다. 저들의 가슴에는 사람보다 돼지가 위안이 된다는 말이니 우리가 저들을 바라보는 눈을 바꿔야 하는데 어찌해야 할까? 어떻게 하면 저들의 가슴 깊이 박힌 저 알알이 맺힌 서러움과 한을 깨끗이 닦아줄 수 있을까?

1972년 11월 11일

한 여성잡지가 인터뷰를 하겠다고 해서 응했다. 내가 무슨 할 말이 있다고 인터뷰를 하려는지 모르지만 거절하기도 그렇고 인터뷰를 시작했다. 기자가 물었다. '어떤 계기로 나병 환자들에 관심을 두게 되셨는지요?' 나는 솔직하게 말했다. '전문가는 아니어서 영화에 대해 기술적으로 말하기에는 어렵지만 나는 벤허라는 영화를 보고 그간 무심히 지나쳤던 나병 환자들에 대해 다른 시각을 갖게 되었습니다.

영화 속에서 나병 환자들이 생활하는 모습을 보며, 이들에게 도움을 주어야 한다는 생각을 하게 되었고, 전에 소극적으로 이들을 방문해 도움을 주던 것을 영화를 통해 그 의지가 더욱 확고해졌습니다. 대통령께서 정부에서는 국가적 시책 중 하나로 나환자들에게 정착촌을 만들어 이들이 스스로 자립할 수 있는 터전을 마련해주기 위해 노력할 때 정작 나환자들은 이러한 정책을 반대한 걸 여러분 모두 잘 아실 겁니다.

　그 이유는 이들 스스로가 자립이라는 것을 포기하고 생을 보내는 이들이라, 정부에서 환자들에 대한 자립정책에 시작부터 겁을 먹고 있을 정도이니 이들은 정신적 육체적 고립 속에 갇혀 있었던 셈이지요. 그들이 우리 같이 희망이 없는 사람들이 어떻게 자립을 할 수 있느냐고 정부가 추진하는 자립정책은 말로는 그럴싸하지만, 실질적으로 우리를 일반 사회와 분리하려는 수작에 불과한 것이라고 반발을 할 때 대통령께서 제게 말하더군요. 저들이 반드시 자립을 하도록 해서 삶의 희망을 가꾸도록 해줘야 한다고. 저는 그때 찬성하면서 제발 그들이 그렇게 되었으면 좋겠다는 생각을 했지요.

　그리고 그들이 그토록 두려워했던 사회 복귀는 결국 성공적인 결실을 이루어가고 있는 것 같아 기분이 좋습니다. 이제 조금씩 그 희망의 땅을 넓혀갈 것입니다. 그리고 그들은 양계업과 같은 사업을 통해 분명 훗날 성공적인 자립을 할 수 있게 되리라 믿습니다. 거기에 제 작은 힘이나마 그들에게 도움이 된다면 무엇이든 하려 합니다.'

　기자는 묵묵히 열심히 내 말을 받아 적었다. 기자가 받아적는 말이 나환자촌에 빛이 되길 간절히 빈다.

1972년 12월 19일

한 통의 편지가 왔다.

육영수 여사님 꽃씨 잘 받았습니다. 척박한 환경에서 꽃을 가꾸고 희망을 가꾸라는 여사님의 아름다운 마음씨를 길러주려는 의도에 감탄하고 우리 마을 주민들이 울었습니다. 현애원(전남 나주군)에 목욕탕 건립기금을 보내 주시어 나환자들의 삶에 질 개선에 많은 도움이 되었습니다. 이모저모 여러모로 거듭 감사드립니다. 힘내고 열심히 살며 여사님의 보내 주신 꽃을 심어 아름다운 꽃을 피우며 열심히 살아가겠습니다. 고맙습니다. 꽃을 심는 곳마다 육영수 여사님 꽃! 육영수 여사님 꽃! 그렇게 합창을 하면서 심었습니다. 고맙습니다.

오신남 드림.

이번 편지는 또 다른 분이 보내왔다.

'육영수 여사님 전북 고창군에 있는 동혜원 대표입니다. 목욕탕 건립기금을 보내 주셔서 감사합니다. 희망의 꽃을 가꾸면서 열심히 희망 꽃을 가꾸겠습니다. 우리 마을 사람들이 육영수 여사님 만세! 를 불렀습니다. 울기도 하고 너무 좋아 웃기도 했습니다. 희망의 등불을 켜 주셔서 고맙습니다.

동혜원 대표 드림'

아! 이제 이들이 살아갈 희망을 품는 것 같아 기분이 좋다.

1972년 12월 21일

오늘은 지나간 일기장을 뒤져보았다. 내가 잘못 생각한 일은 없는지 소홀하게 생각한 점은 없는지 점검을 해본다.

1969년. 서울에서 열리는 '구라(求癩) 자선 모임'에 금일봉 전달.

1969년 5월 10일. 서울 대왕국민학교에 취학하는 미감아들이 내곡동 에틴저마을 한센인 가정의 어린이 5명이 대왕국민학교에 입학하자 학부모들의 반발이 심했다. 학부모들은 자신의 아이들 등교를 거부하는 사태까지 일어나 사회문제로까지 대두되었다. 멸시와 천대를 받는 저들에 대해 내가 더욱더 많은 관심을 보여야겠다.

1969년 8월 7일 에틴저마을 어린이들에게 라디오와 교양서적을 보내 주었다.

1970년 1월 1일. 나의 다짐이 더욱 넓게 퍼져야 한다. 구라(求癩) 사업은 더욱 적극성을 띠고, 어쩌다가 내가 할 수 있는 범위를 넘어서도 좋다. 이들을 보듬고 아껴야 한다. 그래야 그들이 희망을 품고 살 수 있기 때문이다.

1970년 6월 7일. 나는 여느 때와 달리 청와대에서 아무에게도 알리지 않고 비서관만 대동하여 경기도 양주군 성생 농장과 천생원을 찾아 나섰다. 정착촌을 찾아가는데 거의 다 가서 밭에서 일하는 한 여인을 보고 길을 물었다. 그녀는 나를 처다보지도 않고 외면한 채 길을 알려 주었다. 이상하다고 생각했었다.

알고 보니 그 여인은 얼굴이 심하게 일그러진 정착촌 환자였다. 나중에 그 이유를 알았다. 그 사실을 알고 나서부터는 마음이 아파 어찌할 수 없었다. 남의 얼굴조차 정면으로 바라보기를 꺼리며 외면한 채 길을 가르쳐 주는 그 여인에게서 나는 숙명인지 운명인지지 무서운 형벌에 시달리는 한 인간의 처참한 불행을 실감할 수 있었다.

또한, 밭에서 일하는 그녀를 통해 모든 나환자의 비참한 처지를 이해할 수 있었다. 그들에 대해 형언할 수 없는 측은함과 깊은 동정, 모든 낱말을 다 가져다 써도 수식할 수 없는 마음이었다. 그때 나는 그들을 더 많이 도와주어야 한다는 인간적인 순수한 사랑의 불길이 뜨겁게 피어올랐다.

가슴뼈를 갈아내듯 저리는 아픔을 경험했다. 내가 국모로서 할 수 있는 도움이 일반인들이 하는 것보다 더 수월하지 않겠는가?

생각했다. 나는 일그러진 얼굴을 하고, 형태도 알아보기 어려운 손가락을 지닌 그들의 손을 잡아주고 등을 어루만지며 용기를 내라고 했지만, 그것이 위로가 될 수 없음을 너무나 잘 안다.

1970년 6월 25일. 편지가 왔다.

영부인께서 우리에게 말씀하시던 음성이 지금도 귀에 쟁쟁합니다. 추한 저희의 가정을 일일이 돌아보아 주시고 앞을 못 보는 할머니의 손까지 잡으시고 위로해 주시던 여사님이 너무나도 그립습니다. 저희는 거기서 희망을 얻고 용기를 얻고 살아야겠다는 의지를 얻었습니다. 세상에서 가장 추하다고 생각하는 저희의 손을 진정한 사랑으로 잡아주는 여사를 저희는 결코 잊을 수 없습니다. 여사님이 손을 잡아주신 것은 나환자인 우리가 외면받고 버림받아 신음하던 인간에게 숭고한 사랑을 증명해 주셨습니다. 저희에게 삶의 의지를 심어 주고, 불우한 환경 속에서 삶을 영위할 용기와 희망을 품게 한다는 것으로 생각하며 육영수 여사님에 대한 숭고한 성인의 뜻을 깨우쳐 준 하나의 기적이었습니다. 고맙습니다.

나환자의 손을 잡고 그 등을 어루만져 준 것은 가슴에 타오르는 사랑의 불길이 세속적인 미추의 감정을 벗어난 똑같은 사람이라 생각한 것인데 이렇게 고마워하다니 내가 더 고맙습니다. 여러분!

1970년 7월. 경기도 일원의 정착촌을 방문했고 에틴저마을을 찾아 그들을 격려했다. 이어 28일에는 경기도 용인군 동진농원을 방문했다. 오늘 내가 온다는 소식을 듣고 나환자들이 모두 마중을 나와 열을 지어 서 있었다. 도리어 내가 미안해 고개를 못 들었다. 그 환자들 틈 속에서 한 어린이가 코를 흘리고 있었다. 어린이를 안아 올려 코를 닦아주었다, 너무나 당연한 이 광경을 바라보던 어린이의 어머니는 그 자리에 주저앉아 울음을 터뜨렸다. 어린이 어머니는 눈물만 하염없이 흘렸고 주변의 모든 환자도 눈물을 흘리고 있었다.

돌아와서 생각하니 내가 닦아준 콧물 때문이 아니라 그들이 흘리는 눈물이야말로 사회의 냉대와 멸시 속에서 불신으로 얼어붙은 그들의 차가운 내면세계에서 얼마나 힘들게 살았는지를 보여주는 현장이라 가슴이 또 아프다. 나의 행보는 나환자들 사이에서 순식간에 퍼져 나갔다. 그로 인해 나환자 정착촌마다 나의 방문을 호소했으며 나환자 개개인이 나에게 보내는 감사의 편지나 민원도 청와대로 쏟아져 들어왔다.

성 나자로 마을 '정결의 집'이 준공된 것은 지난 1971년 7월 23일이었다. 이 근대식 시설을 갖춘 목욕탕이 준공되니 기쁘다. 설계에서부터 시공에 이르기까지 세심한 관심과 배려로 이들의 불편함을 생각했기에 더욱 보람이 있다. 이들이 얼마나 기뻐할까 생각하니 밥을 굶어도 배가 불렀다.

　1971년 초 어느 주간지에 '20년간 목욕을 못 한 사람들'이라는 기사를 읽고, 나는 나자로 마을 환자들의 생활과 딱한 사정을 헤아려 노기남 대주교와 나자로 마을의 이경재 신부에게 연락해 마을 목욕탕 건립을 희사하기로 했었다. '정결의 집'이라는 이름은 내가 직접 지었다. 준공식이 있던 날, 나는 근혜를 데리고 참석했다. 꽃다발을 가지고 왔다. 그 꽃다발은 청와대에 피어 있는 꽃으로 근혜가 만들어서 가지고 갔다. 기특하게도 그럴듯하게 만들었다.

　'엄마! 청와대의 꽃으로 꽃다발을 만들어 나자로 마을 아픈 분들에게 드리면 그분들 기분이 좋아 병이 나을지도 모르잖아요. 제가 기도를 넣어서 만들게요.' 하고 말해 기특하단 생각도 했다. 건평 12평에 남녀 목욕탕이 따로 마련되어 있는 이 '정결의 집'에는 이발소도 설치했다. 정결의 집을 증축하면서 나는 환자들에게 자활의 정신을 강조했다. 나는 나환자 희망 꽃 피우기 사업에 대해 일정한 방안을 모색하기 시작했다.

　9월 24일 부속실 일지에는 '전국 나환자촌 현황 파악'이라는 지시 내용이 기록되어 있다. 나는 그들의 현황을 구체적으로 파악해 자립의 기틀을 마련해 주려는 방향으로 활동 목표를 정했다. 연세대 유준 박사는 그 방향 설정에 도움이 될 정착촌 정책안을 내었다.

1971년도 후반기에 접어들면서 나환자 사업이 지나치게 막중한 사업인 만큼 나는 양지회 회원 전원이 돕는 것이 보람차고 바람직한 일인 동시에 사업을 더욱 폭넓게 추진할 수 있다고 판단했다. 그래서 나환자 사업을 양지회의 주요 사업으로 전환해 알차고 폭넓은 사업으로 전개해 나갔다. 양지회 회원들은 잘 따라 주었다. 양지회에서는 음성나환자 자립촌을 돕는 방안의 하나로 양돈을 권장하는 계획을 세우게 되었던 것이다.

우리나라 전역에는 총 86개소의 나환자 정착촌과 2만 명이 넘는 환자들이 거주하고 있다. 정착촌 현황으로는 생계유지에 지장을 받지 않는 정착촌 12개소, 가까스로 의식주를 해결하는 정착촌 40개소, 생계가 불안한 상태의 정착촌 23개소, 외부 보조 없이는 생계가 불가능한 정착촌 11개소였다.

나는 이러한 정착촌 실태를 파악하게 했다. 그리고 나환자 정착촌에 암퇘지 새끼를 보내어 5가구당 한 마리씩 공동으로 돼지를 사육하게 하자는 정책을 내놓았다.

이 방안에 따라 양지회는 그해 11월 13일 보사부 관계자와 간담회를 거쳐 나환자 정착촌에 암퇘지 새끼 보내기 운동을 펼치게 되었다. 한편, 무료로 씨돼지를 주는 대신 그것을 사육하는 몇 가지 조건을 제안했다. 우선, 마을에서 공동으로 돼지를 사육하라고 했다. 그 이유는 함께 사육하는 사이 서로가 배려하고 아껴주는 협동심이 길러질 것이라 생각을 했다. 축사와 사료는 그 마을에서 해결하라고 한 것은 자립심과 독립심을 길러주기 위해서였다.

또 씨돼지가 어미 돼지가 되어 첫배의 새끼를 낳게 되면 젖을 뗄 무렵 암놈으로 두 마리를 양지회에 보내라고 말했다. 그 이유는 돼지를 보내 줌으로써 자신들 마음의 빚을 갚아 더욱 행복하게 하기 위해서고 받은 새끼는 또 다른 나환자 정착촌으로 씨돼지로 보내기 위한 운동이었다. 고맙게도 또 편지가 왔다. 편지에는 '양지회는 나환자를 돕기 위한 씨돼지 보내기 운동과 함께 회원들이 직접 만든 의류품과 어린이 도서 등을 보내 주시고, 그 밖에 회원들이 할 수 있는 일이라면 무엇이든지 다 지원을 해주셔서 고맙습니다. 우리는 또 다른 생을 살고 있습니다.'라고 적혀 있었다.

그렇게 시작한 것이 12월 5일, 전국 37개 정착촌을 선정해 총 4백 70마리의 씨돼지를 보냈다. 1차 사업 분을 전달하기 위해 나는 양지회 회원들과 함께 강원도 원주 경천 농원과 대명원을 방문했다. 이어 17일에는 시인 한하운 씨와 양지회 총무 권옥순 씨와 함께 헬리콥터 편으로 전남 나주군의 호혜원과 현애원을 방문했다. 현애원에 20마리의 씨돼지를 전달했다. 나는 마련해 놓은 환영식단에 오르지 않았다. 평지에서 환자들과 얼굴을 대하며 악수를 했다. 그리고 그들에게 '혜택을 받는 사람보다 남을 도와주는 사람이 될 수 있도록 노력하는 삶을 살아가길 바랍니다.'라고 당부했다. 호혜원에는 총 35마리의 씨돼지가 전달되었다.

그들은 '우리도 세금을 내는 국민이 되고 싶다'고 말했다. 정착촌

환자들에게 '반드시 그렇게 될 것을 믿습니다.' 결의를 격려했다. 일정을 마치고 헬리콥터에 오르기 전 한하운 씨를 불러 마을 사람들에게 '부디 술 담배를 끊고 희망을 품고 열심히 일하도록 당부해 주세요.'라고 말했더니 한하운 시인은 그들에게 희망과 용기를 담아서 말했다. 고마웠다. 또 편지가 왔다. 충북 천애원 이기환 씨가 보낸 서신이다.

'양지회에서 벌이는 새끼돼지 사업은 곧 우리들의 삶을 튼튼하게 밝혀 주는 초석이요, 불빛입니다. 저희 천애원에서는 그 고마움을 영원히 잊지 않겠습니다. 그 고마움으로 열심히 살아가겠습니다.' 희망 꽃 피어나는 소리가 허공에 가득 쌓였다. 그 희망 꽃이 나환자촌 전반을 감싸는 상징과 소재로 사용하고 된 것 같아 신났다. 프랑스 파리에 루브르 박물관은 원래 사냥터였던 곳이라고 한다.

　우리나라 나환자촌도 모두 기적의 장소로 변할 수 있다. 나환자촌의 이 편지들은 기적의 장소로 변화하는 소리며 희망의 꽃을 피우기 위한 연출이 분명하다. 나는 회답을 유준 박사가 주관하는 대한나협회 기관지 '새빛'이라는 잡지를 통해 공개해 전국 음성나환자 정착촌 전원에게 격려의 마음을 전했다. '여러분은 한때 한센병에 걸렸다는 것 하나만으로 여러분과 여러분 자녀가 겪는 심신의 고충과 시련, 사회적인 제약을 무척 안타깝게 생각하였을 것입니다.

요새 들어 여러분의 마을에서는 의욕과 희망에 넘치는 사연들이 넘쳐나고 있어 나는 여간 기쁘지 않습니다. 나는 여러분 스스로가 노력하는 이 길만이 여러분들이 숙명처럼 살아온 빈곤과 수모, 나아가 질병의 역사를 하루속히 청산할 수 있는 유일한 길이라고 믿습니다.' 했다.

내가 유준 박사가 주관하는 대한나협회 기관지 '새빛'을 후원하게 된 것은 지난 1971년부터였다. 국민에게 나병에 대한 올바른 지식을 심어 주고, 그들의 그릇된 인식을 하루빨리 계몽하려는 것이 내가 후원하는 목적이었다.

나는 1972년 5월부터 '새빛'을 매달 5백 부씩 청와대로 사들여 87개 정착촌에 보내 주었다. 이 '새빛' 잡지를 정착촌에 보낼 때 나는, 일반 봉투가 아닌, '청와대'라고 찍힌 봉투를 사용했다. 내가 청와대 봉투를 사용한 이유는 나환자 정착촌이 자리 잡은 인근 부락민들은 정착촌 주민들이 음성나환자로서 전염의 우려가 없다는 사실을 주변에서 깨우쳐 주기 위해서다.

아무리 말로 해도 일반 주민들은 나환자들을 가까이하려 하지 않았다. 심지어 멀리서 봐도 접촉을 피해 돌아가는 것이 다반사였다. 그렇기에 정착촌은 일반 사회와 고립이 되었으며, 나환자들은 인근 부락민들의 냉대를 모면할 길이 없어 이중 삼중고를 겪고 있었다. 그런 환경 속에 정착촌에 매달 '청와대' 마크가 인쇄된 우편물이 정기적으로 우송되게 하여 그들의 사기를 높이기 위해서였다. 내가 생각한 것은 효과가 있었다.

주변 주민들은 '이런 나환자촌에 웬일로 청와대에서 우편물이 이렇게 매달 오지?' 하는 생각을 하도록 우편배달부에게 널리 알려 위화감을 없애 달라고 부탁했다. 그 후 우편배달부의 입을 통해 인근 동민 사이에까지 퍼지게 되었다고 하니 기쁘다. 심지어 주변 주민 마을 이장이나 면장도 이 사실을 알게 되면서 결국, 나환자 정착촌은 청와대에서 우편물이 정기적으로 오는 마을이라는 인식이 인근 주민들에게 생기게 되었다고 했다.

그 마을 사람들은 대통령조차 나환자에게 저렇게 관심을 가지는데 우리가 외면해서야 되겠는가? 라며 조금씩 마음의 문을 열기 시작한다고 편지가 오는 걸 보니 조금 마음이 놓였다. 이것이 내가 원하고 바라던 꽃이 활짝 피었다.

희대미문(稀代未聞)의 영웅

30

자연을 사랑한 무궁화

남편은 자연을 사랑했다. 청와대 본관에서 조금 떨어진 언덕 밑에 일곱 가구가 사는 조그만 아파트에 사는 어떤 분은 꽃나무를 잘 가꾼다고 늘 칭찬했다. 남편이 저녁을 먹고 지만을 데리고 운동하러 가자고 하기에 따라나섰다. 남편은 지만에게 백송(白松)을 본 적이 있냐고 물었다. 아들이 없다고 하자 남편은 아들을 데리고 숲속으로 들어갔다. 그리고 백송을 가리켰다. 보통 소나무와는 좀 달랐다. 남편은 백송에 대해서 자세하게 설명해 주었다.

'소나뭇과의 상록 침엽 교목이다. 잘 보면 나무껍질은 회백색이고 껍질 조각은 오래되면 저절로 벗겨져 떨어진다. 중국 원산의 희귀한 품종이라 매우 귀한 소나무다. 큰 나무는 천연기념물로 지정

되어 있다. 자연을 잘 배우고 자연의 소중함을 알아야 하는 거야.'

남편은 아침 산책을 하면서 경내에 있는 각종 수목과 꽃들을 세밀하게 관찰하고 생육상태를 잘 파악하고 있다. 한번은 총무비서관이 경내 구석에 있는 나무 몇 그루를 남편의 허락 없이 바꾸어 심었다. 남편은 '이보시오, 그 꽃이 나를 얼마나 그리워하겠습니까? 빨리 다시 찾아와 여기 심어놓아요!' 해서 다시 원상 복구하기도 했다. 나는 남편이 누구에든 늘 존대어를 쓰는 것이 참 좋아 보였다. 남편은 매년 식목일에는 한 번도 거르지 않고 식목 행사에 참석해 서울 근교나 경기도 야산에 오동나무 잣나무 같은 나무를 심었다.

육림의 날을 지정하고 나무를 가꾸는 일도 게을리하지 않았다. 남편은 조국의 푸른 산하를 염원했다. 그래서 단기간 내 헐벗은 산을 울창한 삼림(森林)으로 변모시키는 기적을 만들겠다고 했다. 그래서 매년 홍수와 가뭄으로 시달리는 농촌에 수십여 곳에 크고 작은 댐을 건설해야겠다고 노래를 부르고 다녔다. 남편의 쉴 틈 없는 나라 걱정에 국민에게 기적 같은 일들이 일어났으면 좋겠다.

자연주의자 애국주의자인 남편의 몸에서는 늘 조국을 위해 해야 할 일들이 푸른 눈처럼 펄펄 내렸다. 남편의 몸에 내리는 푸른 눈이 쌓여 곧 온 나라가 녹색 건반이 되어 스치기만 해도 푸른 노래가 아리아리 춤을 출 것만 같다.

국위 선양

1974년 7월 3일 권투선수 홍수환 씨가 남아프리카공화국 더반에서 챔피언 아놀드 테일러를 꺾고 WBA 밴텀급 세계 챔피언이 되었고 중계방송을 시청하던 국민의 환호와 기쁨은 대한민국이 하늘로 하늘로 날아오르게 했다. 세계인들이 대한민국이란 나라가 어디에 있는 나라인지도 모를 만큼 알려지지 않았기 때문에 국제 스포츠 대회에서 승리는 당당한 국위 선양이었다.

그것은 우리 국민의 사기가 하늘에 목화솜처럼 하얗게 피어나게 해주는 꽃이었다. 챔피언이 되어 김포공항에 내린 홍 선수를 시청 앞까지 카퍼레이드로 흘렀고 시민들 환영 물결은 벌개미취 군락지처럼 연보라 진보라 출렁였다. 국위 선양을 한 홍 선수를 청와대로 불렀다. 어머니를 모시고 오라고 했다. 얼마나 자랑스러운 아드님을 두었는가? 참으로 자랑스러운 선수여서 보기도 아까웠다. 표창을 받는 아들을 보며 어머니는 기뻐서 울었다.

이듬해 3월 미국에서 타이틀 방어전을 갖게 되었다. 혜성처럼 나타난 멕시코의 알폰소 자모라 선수가 상대 선수였다. 그런데 홍 선수의 트레이너 김준호 씨에게 문제가 생겨 한국권투매니저 협회의 회원 자격이 정지되어 홍선수의 매니저나 지도자로 미국에 갈 수 없다는 말을 전해 들었다. 그 매니저는 홍수환 선수가 세계챔피언이 되기까지 훈련을 시키고 뒷바라지한 보모와 같은 사람이라고 했다. 남편은 이야기를 듣고 비서관에게 '자네가 권투협회장을 만나서, 권투협회는 한국 권투의 발전과 선수 지원을 위한 단체이지 임원을 위한 단체는 아니니 김준호 씨를 홍 선수의 지도자로 보내서 시합하게 하고 협회 회원 자격 문제는 그 뒤에 해결해도 되는 일 아니냐고 물어보시오!' 했다. 비서관은 이틀 후 김준호 씨가 홍수완 선수와 함께 가기로 했다고 말했다.

그러나 아쉽게 홍수환 선수는 패하고 말았다. 그러나 1977년 다시 WBA 주니어 페더급 챔피언에 도전해서 파나마 헥토르 카라스키야를 이기고 다시 세계챔피언이 되었다. 권투 역사에 길이 남을 신화를 창조한 홍수환 선수는 한국의 전설적인 복싱 영웅으로 남을 것이다. 해외에 나가 국가의 명예를 드높인 운동선수나 기능올림픽 수상자들은 모두 애국자다. 1970년대 탁구여왕 이에리사 선수가 병원에 입원했을 때 문병을 다녀왔다.

아시아의 마녀라고 불리는 투포환 선수 백옥자 선수도 입원 소식을 들었으나 직접 문병하러 못 가고 대신 보낼 때는 마음이 아팠다. 남편은 우리나라에서 올림픽을 개최해야 우리나라를 세계에 홍보할 수 있다고 입버릇처럼 말한다. 머지않아 그렇게 되길 기도하는 마음이다. 남편이 운동선수들을 많이 사랑하고 아끼니 남편의 꿈은 활짝 피어날 것이다.

무궁화의 초서[草書]

남편은 대단한 달필이라 내가 기가 죽을 때가 많다. 비서관이 '결재서류에도 독특한 필체로 필요한 지시를 할 때 자연의 혼령이 쓴 것 같은 필체어서 섬뜩하다'고 말하는 소리를 들었다. 남편은 군인이었는데 문학적 소양이 풍부하고 음악과 그림에도 조예가 깊어서 부러울 때가 많았다. 어느 날 근혜에게 시를 써서 주자 근혜는 '아빠 시인이나 소설가가 되시지 왜 대통령을 하세요?' 하고 물었다. 남편은 딸에게 '그래, 내가 대통령이 안 되었으면 아마도 시인이나 소설가가 되었을 거야.' 하고 대답했다.

내가 옆에서 거들었다. '아빠는 가난한 조국에 대한 사명감이 있어 이 나라를 어떻게든 부강하게 만들어 세계 어떤 나라도 얕잡아 보지 못하게 하시기 위해 시인도 소설가도 안 하시고 대통령을 하셨어. 이다음에 근혜가 커서 시인이나 소설가 하렴.' 말이 끝나기 무섭게 근혜가 댓잎처럼 파란 말을 한다. '아빠 엄마, 저는 시인도 되고 대통령도 되고 둘 다 될 거예요!' 우리는 서로 쳐다보면서 웃기만 했다. 남편은 대통령 공보비서실에서 대통령 치사 초안을 올려도 꼭 당신 마음대로 수정해서 보냈다. 어떤 때는 글 쓰는 일이 전문인 비서실 연설문 작성자들도 '대통령 각하의 적확한 표현과 논리정연하게 수정되어 우리도 놀랍니다. 그래서 저희도 정신 바짝 차리고 써야 합니다.' 하고 말할 정도였다.

나도 글 쓰는 사람들을 무척 좋아해서 방송극작가인 이서구 씨나 박목월 시인 같은 분들과 대화를 나누는 것을 좋아한다. 붓은 총칼보다 강한 힘이 있기에 이 나라가 발전하려면 세계를 휘젓는 붓을 다루는 장인이 있어야 한다는 생각이다. 이서구 씨는 해방 전 서울의 뭇 여성을 울렸던 악극 '사랑에 속고 돈에 울고'의 주제곡인 '홍도야 울지마라'의 가사를 쓰는 재주를 가진 분이다.

어느 날 이서구 씨를 초대했다. 그는 택시를 이용했다. 경호 관계로 택시는 청와대 출입이 불가능하지만, 연세가 든 이서구 씨가 걸어서 청와대 본관까지 올 생각을 하니 미안해서 경호실장에게 연락해서 이서구 씨가 타고 오는 택시를 본관까지 들여보내 달라고 부탁했다. 경호실장은 '위험합니다, 여사님.' 하고 말했다. 나는 '시내에서 아무 택시나 타고 올 텐데 그 택시 기사가 청와대로 올 줄 어떻게 알고 나쁜 일을 계획하겠습니까?' 하고 했다.

다행스럽게 택시는 통과되어서 그분에게 덜 미안했다. 남편은 늘 시간이 없다. 시간은 너무 빨리 가는데 나라는 더디게 성장하는 것 같아 할 일이 더욱 태산같이 늘어난다고 했다. 시간은 다 어디로 가서 내게 오지 않느냐고 투정을 부릴 때면 가슴이 저리다.

어느 날 남편은 말했다. '임자, 1963년에 윤보선 씨와 대결할 때, 이제야 하는 말이지만 유세장마다 수많은 사람이 모여드는데 저 많은 실업자를 어떻게 다 먹여 살려야 할지 당선된다고 좋아만 할 수 없다는 생각에 암담하고 우울하기도 했소.'

한때 나도 같은 생각을 했었다. 지난날 내가 한 말이 눈 속으로 걸어들어온다. '의사나 간호사조차 환자들이 꺼릴 정도인 한센병 환자들을 위해 무엇이든 할 수 있으면 해주어야 합니다. 그들도 당당하게 이 나라에 태어난 우리 국민입니다. 우리가 따뜻하게 그들을 보듬어 안아야 의사나 간호사는 물론 사회적 인식이 개선되어 그들에게 관심을 두게 됩니다. 그리고 그들을 위해 양로원도 지어주어야 하고 장애를 가지지 않은 국민보다 혜택을 더 주어야 합니다.' 하고 직설할 때도 남편은 나의 말을 따뜻하게 받아주었다.

그렇게 소록도 양로원을 지었고 소록도 양로원 준공식에 참석할 예정이다. 남편에게 '제가 소록도 준공식에 못 가더라도 대통령께서는 바쁘시더라도 꼭 소록도 준공식에 참석해 주서야 합니다.' 말했다. 남편은 하얀 무궁화 같은 하얀 웃음을 웃으며 말했다. '무슨 유언 같은 말을 하고 그래요? 당신 어디 여행이라도 떠나려 하오?' 했다. 나는 '예, 먼 여행을 떠나려고 합니다.' 하는 농담에 남편은 '섬뜩한 농담하지 마시오!' 하면서 화가 묻은 말을 내게 했다.

나는 방송사들이 정부를 비난할 때에도 늘 남편을 다독이고 이해시키려 노력했다. 그러나 남편은 내게 '당신은 청와대의 야당이구려!' 하면서도 내 말을 잘 들어주었다. 어느 날 남편이 펼쳐놓은 낙서를 본 적이 있다. 일기가 아닌, 그냥 심심해서 써놓은 낙서에는 이렇게 적혀 있어서 기분이 좋았다.

늘 백조처럼 단아하고 우아한 한복 차림의 소박한 나의 아내에게서는 흰 백합꽃 향기가 난다. 청와대에 들어오는 많은 민원과 진정서나 편지들을 한 통도 허술하게 보지 않고 꼼꼼하게 읽고 모두 처리하면서 청와대 제2부속실의 참모진과 함께 민원 접수 등 고유 업무를 일일이 챙기며 일부 고위직을 견제하는 등 눈에 안 보이는 임무를 수행해 주는 고마운 아내다.

그뿐 아니다. 나라의 꿈나무인 어린이들에 관한 관심도 남달랐다. 나의 아내 육영수는 대한제국 최후의 황태자 영친왕의 처인 이방자 여사와 함께 보육원과 장애시설 등에서 봉사 활동을 하며 늘 그늘지고 어려운 곳에 먼저 손을 내밀었다. 이에 감탄한 김대중조차도 박정희 대통령은 육영수 내조 덕분에 역사 속에서 존경받는 지도자가 되겠다고 말했다.

박정희 대통령이 나중에 높이 평가되고 역사 속에서 재평가받게 된다면 절반은 아내 덕이라고 내게 말할 정도다. 그 말이 옳은 말이다. 아내는 말없이 뚜렷한 존재감과 확실한 업적을 쌓아가는 사람이다. 불우 청소년들의 직업보도를 위해 정수직업훈련원을 설치하고 만화잡지 보물섬을 발간했고 육영재단이나 어린이회관을 짓는 등 아동복지와 사회에서 소외된 계층들을 위해 노력하였다. 육영재단에 갔다가 들은 말이 기억난다.

어느 날 정수직업훈련원에서 직업훈련을 받던 이하얀 학생은 고된 직업훈련이 끝나고 기숙사에서 잠이 들었다. 무언가 느낌이 이상해서 새벽에 잠이 깼단다. 눈을 떠보니 캄캄한 기숙사 방 안에서 웬 한복 차림의 여인이 학생들이 걷어찬 이불을 덮어주고 있어서 숨을 죽이고 자는 척하고 자세히 쳐다보니 한복차림의 여인은 한 명 한 명 걷어찬 이불을 모두 덮어주고 조용히 나갔다. 이하얀은 그가 누구인지 궁금했고 다음 날 아침 눈을 뜨자마

자 기숙사 관리인에게로 달려가서 물었단다. '아저씨, 어젯밤에 어떤 여자가 기숙사 방을 둘러보고 가던데 누가 다녀갔는지 아세요? 제가 꿈을 꾼 것인지, 귀신을 본 것인지 다른 아이들은 못 봤다고 해서요.' 하고 묻자, 관리인이 말해주었단다. '육영수 여사께서 학생들이 어떻게 지내는지 보러 오셨었다, 귀신처럼 보이더냐?' 그러자 학생이 소스라치게 놀랐다고 했다.

이처럼 나를 보좌하며, 때로는 제동을 걸거나 중재를 하기도 하고, 어린아이들과 소외계층을 적극적으로 돕는 행보를 한다. 아내는 결핵 환자에게도 관심을 가졌으며 어린이가 나라의 미래라며 어린이 월간지 어깨동무를 발간했다. 그리고 말했다. 경제 사정으로 어린이들이 책을 못 보는 곳에는 무료로 책을 보내 주라고. 모두 묵묵히 아내의 말을 따를 수밖에 없었다. 약자에게는 현애롭고 서민에게는 다정했다. 재해 국민이 생기면 재해민 구호를 위한 자선의 밤을 개최하고 모범 어머니들을 청와대에 초청해서 다과회를 베풀기도 했다.

남편의 글을 읽고 남편이 고마워하니 다행이란 생각이다.

1974년 8월 14일

청와대에 어린이와 어머니들을 초대했다. 그리고 어머니들께 당부했다. '여러분께서 아니 우리나라 모든 어머니 아버지께서 어린

이에게 부끄럽지 않은 생활을 했으면 좋겠어요, 양심의 가책을 받지 않는 생활, 자기 분에 맞는 생활, 이론보다 실천이 앞설 수 있는 용기를 갖춘 국민이 되었으면 좋겠어요. 여성의 미덕은 희생정신과 덕을 갖추어 나라 발전에 이바지하는 것이니까요.'

조금 후 초대한 행사에서 한 어머니가 안면 마비 증세를 보였다. 가슴이 쿵! 내려 앉았다. 최상의 치료를 받을 수 있도록 입원을 시키긴 했지만 걱정이다. 가슴이 자꾸만 쿵쾅쿵쾅 뛰며 잠이 안 오니 그분이 안 좋으려나? 내일 행사가 있는데 잠이 도무지 오지 않아 이렇게 일어나 앉아 글을 쓰다가 잠자고 있는 아이들이 보고 싶다가 남편이 걱정스럽다가 별의별 생각이 다 든다.

제발, 그 어머니가 말끔하게 나아 퇴원했다는 소릴 들어야 할 텐데. 한여름이 덥지 않고 왜 이리 가을 날씨처럼 스산하고 알 수 없는 슬픔이 자꾸 벙글어오는지 모르겠다. 오늘따라 왜 공중에서 보면 작은 사슴처럼 생겼다고 지어진 소록(小鹿)도란 이름이 이렇게 슬프게 다가오는지 모르겠다.

사슴의 눈망울이 너무 슬퍼 보여서 그럴까? 아니면 사슴의 목이 너무 길어서 슬픈 것일까? 슬픔이 개미 떼처럼 내 가슴을 파고든다. 오늘은 이 슬픔을 밀어낼 힘이 없다.

육영수 여사는 자신의 운명을 예측한 듯 대통령에게 소록도 준공식에 꼭 참석해 달라는 말이 마지막 유언이 되고 말았다. 그리고 대한민국의 어머니들에게 한 당부가 마지막이 되고 말았다. 이 틑날 8월 15일 광복절 29주년 기념식 날 박정희 대통령의 암살을 기도한 조총련계 재일 한국 조선인 문세광의 총알이 육영수 여사를 먼먼 나라로 납치해 가고 말았다.

그렇게 목련화 한 송이는 파랑 같은 일들을 우리의 기억 속에 모종해놓고 다시 돌아오지 못할 곳으로 떠나고 말았다. 하늘도 울고 땅도 울고 온 국민이 통곡했다. 통곡이 한여름인데 꽁꽁 얼어붙었다. 그러나 육영수 여사는 너무 고달픈 삶에 지쳤는지, 다시는 눈을 뜨지 않고 감고만 있었다. 백조가 되어 날아갔는지 백합 향기가 되어 날아갔는지 아무도 육영수 여사가 어디로 갔는지 주소를 알지 못해 통곡만 하고 있었다.

가혹한 슬픔이 덮여 모스부호가 되었다. 그 부호의 비밀을 풀지 못해 통곡하고 있는 대한민국의 하늘과 땅과 사람들은 암흑 속으로 침몰하고 있었다.

한하운 시인은 추모 시를 낭송했다.

박정희 대통령은 슬픔을 찍어 공책에 일기를 쓴다.

멀쩡한 옷 한 벌 못 입히고
누더기처럼 기운 옷만 입게 해서 미안하오.

꽃을 그렇게 좋아하는데

그 흔한 꽃꽂이도 한 번 못 하고 살게 해서 미안하오.

늘 보리밥만 먹게 해서 미안하오.

필리핀 마르코스 대통령 부인 이멜다는

명품 구두만

3천 켤레가 넘는다는데

다 낡은 고무신만 신겨서 미안하오.

그러니깐

지금까지 삶은 연습이었다고 치고...

바람이 초목을 흔드는 소리

시냇물이 노래하는 소리

비를 불러들이는 유리창

세상에서 들었던 소리들이

하나도 들리지 않는다

3월을 가장 먼저 불러오던 목련꽃 웃음

겨울 아침 눈 밟는 소리

조곤조곤 들려오는 목소리

나는 아직 보낼 준비가 되지 않았는데

이 별

이 은하

이 지구를 떠나

서늘한 그림자로 누워서

국민이 걱정되어 우시는가!

당신의 고향은 옥천이고

당신의 집은 청와대인데

당신은 어느 객지로 떠났는가!

거기가 좋다면

여기도 왔다가

거기도 갔다가

두 세상을 동시에 살면 되지 않는가!

　박정희 대통령의 나머지 생각은 깜깜한 동굴 같은 적막 속에 묻혔다.

희대미문(稀代未聞)의 영웅

31

哭, 陸英修女史 靈前에

나환자 대표/ 나병자

님이시여!

어찌 저희를 두고 가시나이까?

어찌 저희에게 한마디 말도 없이 가시나이까?
저희는 어떻게 살라고 훌쩍 가버리시나이까?
세상에 버림받고 지옥에서 살 때
어머니!

당신께서 지옥에서 구출해 주셔놓고

저희가 희망으로 살아가는데

어디로 간다는 주소 한 자 적어놓지 않고 훌쩍 가시면

어쩌란 말입니까!

어찌 살아가라는 말입니까!

어머니! 가시는 걸음걸음

우리의 영혼을 갈아 카펫을 깔아 드리리다

외로운 사람

가난한 사람

슬픈 사람

병든 사람

사람들이 꺼리는 문둥이들에게 희망을 주시고서

어찌 가시려 하십니까!

돌아오소서!

다시 돌아오서소!

나환자의 손을 손을 잡고

뻔질나게 보내는 편지에 일일이 답을 쓰시고

주면 더 달라고 문둥이 손을 한 나환자들의 염치없음에도
언제나 웃음으로 도와주시던 여사님!

나환자의 일이라면 사양치 않으시고
문둥이 촌을 사랑으로 안아주시고
문둥이들의 어머니가 되어주신
지고하고 지순한 대자비심은
세계의 어느 성인보다 훌륭하십니다.

세상천지에 이런 일을 하신 분이 있었습니까?

오직 님만이 하셨던 일이 아니겠습니까?

돌아가시지 말고
돌아오시옵소서, 어머니!

슬픔을 산란하는 시간

그대여!

영생 극락 하시어

그토록 사랑하시던

이 겨레를 지켜주소서

1974년 8월 31일 밤

조시(弔詩)

연소록

꽃들이 붉은 눈물을 흘리고 있습니다

때아닌 찬바람이 불고
차가운 슬픔이 소록도를 차갑게 얼렸습니다

당신이 키우신 돼지들도
슬픔을 이기지 못해
먹이를 먹지 않고

고양이와 개들도
꼬리를 동그랗게 말아올리고
무슨 일이냐고 묻고 있습니다

눈이 있으나
아무것도 보이지 않고
귀가 있으나
아무 말도 들리지 않습니다

억장이 무너져버렸기 때문입니다

슬픔은 흘러 흘러
국민들 가슴가슴에 흙탕물이 됩니다

육영수 여사님이시여!
부디 그 세상에서는
편히 영면(永眠) 하소서

소록도 때문에

아파하고 슬퍼하시며

빛을 쬐어주던 님이시여!

아픔과 슬픔을 모두 쓸어버리고

행복과 기쁨을 꺾어다

여사님께 드리겠습니다

소록도 집집마다

곡소리가 흘러넘쳐

곧 섬이 잠길 것 같습니다

님은 우리를 위해

밤낮 애썼는데

우리는 님을 위해

슬픔을 낳는 일밖에 없습니다

이 일을 어찌하란 말입니까?

막차

조등

바람이 불고
햇빛이 꺼집니다

어디 살던 몹쓸
죽음이 여기에 와서
여사님을 데리고 가버렸단 말입니까?

당신은 병을 앓는 우리의
등불이었고
희망이었고
삶이었습니다

여사님이 가신 세상은
어둠이
빛을 모두 삼켜버렸습니다

여름비는

슬픔만 키워놓고

한 번도 겪어보지 못한

슬픔을 끊임없이

피워냅니다

빛 꺼진 세상이 두렵고 무섭습니다

빛을 삭제해 버린 빈자리에

우리들 나병 환자들의

검은 눈물만 홍수지고 있습니다

돌들도 피울음 우는

오래도록 구불구불 흘러갈 슬픔

육영수 여사님!

환한 등불을 들고

목련꽃처럼 환하게 웃으시며

소록도에 다시 오세요

막차가 지나가도록
우리는 당신을 붙잡고 있을 겁니다

우리는 당신을 놓아주지 못합니다

슬픔비

노염치

육영수 여사님 지금 어디 계십니까?

밤새 창문을 두드리는 비
창문에는
끊임없이 슬픔이 질주합니다

방울방울 빗방울은
모두 당신에게로 달려가고 있었습니다
슬픔을 홍수로 범람하게 하는 밤비

산도

들도

사람도

모두 슬픔으로 얼룩진 이 시간

아무리 씻어내려

억수같은 소낙비가 내리지만

슬픔에 점령당하고 마는 비

여사님

어서 눈뜨고

이 슬픔을 닦아 주세요

슬픔을 닦기가 너무 힘들어

다른 길을 가신다면

저희들도

여사님께 힘을 보태겠습니다

받기만 해서

죄송합니다

미안합니다

여사님
억수처럼 쏟아지는
이 슬픔에
어서 무어라고 대답 좀 해 보세요

빌어먹다

노철학

육영수 여사님!
우리는 당신에게 빌어먹기만 했어요
아무것도 주지 않고
빌어먹고만 살았어요

너무 아프고 쓰라려
벌레도
갉아먹지 않을
잎 같은 생

당신의 따뜻한 마음에

도미노처럼 무너졌던

우리들

아무 질문도

아무 대답도 하지않고

떠나야만 했습니까?

꼭 이렇게 해야만 했습니까?

꿈속에서라도 물어보고 싶습니다

꿈속에서도

답을 얻지 못해

홀로 공중을 날고 있는

짝 잃은 새처럼

허허허허 헛웃음만

공중으로 날려보냅니다

우리의 슬픔이 한 줌이면

당신의 걱정은 한 가마니였을

왜?

우리는 몰랐을까요?

빌어먹을 인간이었지요

빈 계절

이아픔

푸르름 무성해야 할 여름이

적막합니다

겨울처럼 텅 비었습니다

돌덩이처럼 단단한

슬픔을 녹이지 못해

텅 빈 계절

채우지 못해

개굴개굴 울다가

추적추적 울다가

텅! 텅! 울다가

눈물로

텅 빈 계절을 채웁니다

육여사님이시여!

당신이

헌신짝처럼 버리신

텅 빈 계절이

텅! 텅!

울고 있습니다

딱, 한 번만 돌아와 주세요

외상값

나슬픔

저울 눈금이 어지럽습니다
우리는 여사님께
외상이 많습니다

슬픔의 문턱을 넘어
기쁨의 세상으로 이주하게 해주신
외상

삶이 막막하여
죽음 선택하려는 우리에게
막막함 뽑아내고 희망울타리 쳐주신
외상

정신적 치료 끝나고
먹고 살길 안내해주신
외상

소록도 전체가

소외감에 빠져

어둠을

베고

덮고

살던 때

사람다움을

베고

덮고

살 수 있도록 해주신

외상

우리는 여사님께

외상값이 너무 많습니다

그 값을 치르기도 전에

이리 가버리시면

저희가 진

외상값은 어찌해야 합니까?

여사님 제발, 외상값 갚을 기회를 주소서

희망울타리

가버린

희망꽃 울타리가 태풍에 넘어졌습니다

삶꽃은 모두 소중하다시던 말

우리 가슴을 열고 들어오던 말

세상에 태어나

이름없이 살던 우리에게

희망울타리란

울타리 심고

희망꽃을 피우게 해주시던 육여사님!

몸 아픈건

죄가 아니라

상이라고 하얗게 웃어주던 육여사님

당신 육성은

아직도 우리에게

싱싱하게 피어있는데

당신 지문은
우리 삶에
또렷이 찍혀 있는데

어찌하란 말씀입니까?
육영수 여사님!

애통
분통
절구통
다 불러보아도
소통되지 않는
이 현실을 어찌하란 말씀입니까?

새들도 길을 잃고
공중을 배회하고 있습니다
필사적으로 퍼덕이며
인생봉우리 넘으려 합니다

인생봉우리 넘는 길을 안내하던
여사님이 안 계시면
우리는
어디 가서
길을 물어야 합니까?

희망울타리를 다시 일으켜 세울
비책을 알려주십시요
여사님
우리가 견뎌낼 서사를 써 주십시요

우리 설움에 겨워
통곡하는 무례를 용서하지 마십시요

눈이 짓물도록 울어도
당신은
대답이 없군요

야속한 님이시여
'복과 장수를 가져다주는 꽃'이란 꽃말을 가진
복수초를 당신께 바칩니다

민둥산에 머리 심기

그렇게 문맹 퇴치의 얼개를 잡아놓고 고개를 들어 산을 올려다 보니 모두 민둥산이었다. 박정희 대통령은 사막화된 산을 위해 한 걸음도 양보할 수 없었다. 박정희 대통령은 서둘러 산림법을 제정했다. 이렇게 다급하게 산림법을 제정한 것은 서독의 영향을 많이 받았다. 서독에 갔다가 푸른 산을 보고 우리는 언제 저렇게 될 수 있을까? 우리나라 산이 푸르게 울창하기 전까지 다시는 유럽 땅을 밟지 않겠다고 결심했다.

그 와중에도 도벌 밀수 마약 깡패 사이비 기자 등 사회 5대 악을 제거하는 대책을 선포하면서도 한편으로는 독일에 다녀온 후 헐벗은 국토를 반드시 푸르게 이루어야겠다는 마음을 푸르게 키웠다. 선진국치고 산림이 황폐한 나라는 없다. 우리나라가 잘 살려면 산림이 울창해져야 한다. 그렇게 산림에 대한 전문가를 찾았다. 현신규 박사를 찾아서 상의했다.

다행스럽게도 그도 산림에 대해 대단한 애착을 가지고 있었다. 현신규 박사는 성장이 빠른 소나무와 추위에 강한 소나무를 접목해서 *기리테다*라는 걸작 소나무를 개발했다. 황폐한 땅에 빠르게 자라고 뿌리가 깊이 내릴 나무가 절실했다.

첫 번째 열 유림이 조성되었다. 미국 정부에서 한국이란 나라가 정계의 정세도 불안하고 경제발전도 못 하니 원조할 가치가 없다고 원조를 삭감하는 안이 올라갔다. 원조를 삭감하는 안이 내려온다. 박정희 대통령은 미국에 있는 이승만 대통령에게 이 사실을 알렸다. 이승만 대통령은 미국 상원 의원 알렉산더 윌리에게 보고서를 제출해 달라고 부탁했다.

알렉산더 윌리는 이승만 대통령의 말을 듣고 보고서를 작성한다. 그는 한국에서 온 기적의 나무라는 제목으로 한국의 산림 전문가 현신규 박사가 뛰어난 소나무를 육종했습니다. 그 나무는 빨리 자라고 훌륭한 목재를 생산합니다. 무엇보다 중요한 것은 미국의 소나무와는 다르게 추운 날씨에도 잘 자랍니다. 한국은 그의 성을 따서 현사시나무로도 부릅니다. 이건 비단 한국을 위한 것만 아니라 지구촌 전체를 위한 것이기도 하다는 걸 알아주시길 바라오. 라고 보고서를 올렸다.

레스터 브라운 지구정책연구소 소장은 다른 나라 사람들도 한국이 어떻게 녹화 사업에 성공할지 지켜보아야 한다고 했다. 많은 나라가 시도하지만 실패했기 때문이다. 눈이 시리도록 메말랐던 땅이 평생의 자랑거리로 남을 눈이 시리도록 푸른 땅이 될 것이다. 지금 공무원들 그리고 지역 주민들이 정말 피땀 흘리고 눈물이 날 정도로 손과 발이 다 닳도록 열심히 한 국민에게 고맙고 감사하고 눈물 없이는 볼 수 없는 경이로운 기적을 이룰 것이다.

나는 우리나라 국민들이 이렇게 대단하고 훌륭한 걸 알기에 자신감을 가진다. 반드시 대한민국이 최강국이 될 수 있다는 가능성을 가졌기 때문이다. 우리나라 산림역사는 위대한 맨손의 역사였고 고통의 역사였고 시작은 미약하지만, 그 끝은 수천 년의 미래를 내다보는 기적의 여정이 될 것이다.

숙명처럼 믿었던 이룰 수 없으리라 방심하고 있을 때 맨손으로 나무를 심고 맨손으로 가꾸는 민둥산의 기적을 반드시 이루고 말리라. 그러니 믿어달라, 믿어지지 않는 기적이 일어날 것이다. 라고 이승만 대통령은 미국에 큰소리를 쳤다.

그렇게 이승만 대통령은 원조 삭감을 보류시키는 기적을 보였다. 이승만 대통령의 몸은 오직 조국의 흙과 바람과 햇빛으로 뭉쳐진 몸이었다. 박정희 대통령은 이승만 대통령께서 죽음을 앞에 두고도 조국을 위해 끝까지 애씀에 자신이 이 나라를 위해 어떻게 해야 할지를 겸허한 마음으로 배웠다. 박정희 대통령은 전국을 시찰하던 중 강원도 정선의 민둥산이 이름 그대로 민둥민둥 대머리로 벗겨져 있는 것을 보았다.

바람은 아무런 걸림돌 없이 산등성이를 미끄럼 타며 내려와 건너편 시골 마을의 지붕까지 먼지를 날려 보냈다. 지도에서 황폐라는 말이 눈을 말똥말똥 뜨고 자신을 올려다보며 무어라고 하소연을 하는 것 같았는데 막상 현장에 들어서니 바람이 흙을 모두 뜯어먹고, 비가 오면 흙은 지푸라기 하나도 잡지 못하고 떠내려가서 골짜기마다 상처가 깊게 파였다.

한참 어이없이 파헤쳐진 골짜기를 바라보고 있는데 옆에 나무를 심고 있던 사람들이 주고받는 소리가 들렸다. 박정희 대통령이 여기에 온다지 아마, 소문 들었어? 뭔 말 같지도 않은 말을 해! 대통령 같은 권력자는 늘 다리 위를 보고, 도로를 보고, 건물만 쳐다보고 다니지 이런 험한 곳에 오겠어, 다 쓸데없는 기대고 소문이지! 그런가?

박정희 대통령은 아무 말도 하지 않고 듣고만 있다가 고개를 들고 말했다. 미안하오! 내 워낙 바빠서 미처 찾아뵙지를 못했군요. 이 산이 이렇게 되도록 미처 손쓰지 못한 잘못 모두 내 잘못이오. 이제부터라도 이 산을 푸르게 가꾸어 갑시다. 박정희 대통령은 경호원들에게 비키라고 말하며 괭이를 들고 구덩이를 파기 시작했다.

각하 이건 힘든 일이라 각하께서는 못하십니다. 라고 경호원이 말하자 대통령은 답했다. 내가 이래 봬도 농사꾼 아들이오, 내 누구보다 잘할 자신 있으니 걱정하지 말고 어서 여러분들도 이 삽이나 괭이를 들고 땅에 나무를 심으시오. 경호원도 모두 삽과 괭이를 들고 나무를 심기 시작했다. 대통령께서는 내가 더 빨리했어야 했는데, 국민들 원성이 저렇다니 이제부터 농촌 지역에 좀 더 신경을 써야겠어. 하고 말했다.

경호원은 대통령께서 어디 잠시라도 틈이 있었습니까? 하루를 38시간으로 늘려서 뛰어다니시며 식사도 굶으시는 게 다반사인데 국민들이 몰라도 너무 모르는 게 한탄스럽습니다. 하자 박정희 대통령은 국민들 입장에서야 못 살고 힘든 걸 누구에게 한탄하고 누구를 원망할 수 있겠나? 모두 나한테밖에. 하고 말해서 경호원들은 아무 말도 하지 못했다. 박정희 대통령은 경호원에게 말했다. *산이 저렇게 벗겨지니, 사람 마음도 다 벗겨진 것 같소.* 경호원들은 아무 말도 하지 않았다.

한편, 열다섯 살 이푸름은 삽을 들고 나무 심기에 동참했다. 이날은 *전 국민 나무 심기 운동*이 시작된 날이어서 참석한 것이다. 학교는 모두 임시 휴교를 하고 *나무 심기*를 하고 마을 사람들도 모두 괭이와 삽을 들고 산으로 올라갔다. 이푸름의 아버지 이석탄은 원래 광부였다. 그렇지만 탄광이 문을 닫으면서 농사를 짓기 시작했다. 이석탄은 진폐증 후유증으로 기침을 달고 살았고, 날씨가 추우면 폐 속이 바늘로 쑤시는 듯 아팠다.

푸름아! 땅을 깊게 파고 심어야 겨울에도 뿌리가 잘 살아남아 겨울을 견디고 봄에 또 싹을 틔운단다. 아버지 이석탄은 콜록콜록 기침 묻은 말을 아들에게 건넸다. 이푸름은 아버지가 괭이로 파놓은 구덩이에 삽날을 내리꽂았다. 돌과 흙이 섞인 산은 생각보다 단단했다. 이푸름은 나무에게 말했다. *나무야 너와 나는 과거역이 아니고 같은 현역이며 미래역이야!*

희대미문(稀代未聞)의 영웅

32

그러니 나무야 내 이름처럼 너도 푸름 푸름 자라야 한다. 나무는 온몸으로 그러겠다고 답례를 했다. 푸름은 기분이 좋았다. 그때 옆에서 나무를 심던 사람들이 말했다. 대통령이 오셨대. 나무 심는 것을 직접 보시겠다고 오셨대. 나름대로 한마디씩 하면서 나무를 심고 있었다. 바로 아래서 나무꾼 차림에 삽을 든 대통령이 산을 올라오고 있었다. 시간이 걸릴 줄 알았는데 금방 이푸름이 있는 곳까지 올라온 대통령은 말했다.

산이 가난하면 나라도 가난해지게 되어있지. 우리가 나무를 심지 않으면 아무도 심어주지 않아요. 아무것도 하지 않으면 아무 일도 일어나지 않는 것처럼. 우리 힘으로 심고 가꾸어 산이 푸르러지면 나라도 같이 따라서 푸르러지는 겁니다! 경호원들에게 둘러싸여 걷던 대통령은 눈앞의 황폐한 산을 응시하며 다시 멈춰 섰다.

기분이 좋아 보였다. 대통령이 이푸름과 아버지가 함께 삽질하는 쪽으로 다가오자 둘은 손이 떨렸다.

아버지와 이푸름 가까이에 온 대통령이 물었다. *왜 나무를 심나요? 나라에서 심으라고 시켜서요. 아니 학교에서 선생님께서 그렇게 말했어요. 나무 몇 그루 심었나요?* 이푸름은 얼떨결에 대답했다. 스… 스무 그루 정도요. 스무 그루? 대통령이 웃으며 이푸름의 등을 토닥이며 말했다. *많이 심었구먼! 젊은 꿈나무가 이 나라 산을 살린다고 생각하면 힘이 나요.* 아버지 이석탄은 허리 숙여 인사했다. 대통령 각하 저희는 먹고살기도 빠듯한데 이 산을 살린다고 뭐가 달라지겠습니까?

박정희 대통령은 한동안 이석탄의 손등을 바라보았다. 굵고 거칠고 상처 난 손엔 수십 년 노동의 흔적이 살고 있었다. 국가가 가난해서 미안하오. 그런데 혹시 죽산 조봉암 독립운동가의 말을 기억하오? 조봉암 선생은 말했소. '우리가 독립운동을 할 때 돈이 준비되어서 한 것도 아니고, 가능성이 있어서 한 것도 아니다. 옳은 일이기에 또 아니하고는 안 될 일이기에 목숨을 걸고 싸웠지 아니하냐' 고 말했습니다.

우리가 지금, 이 민둥산에 나무를 심는 것은 돈이 많아서 하는 것도 아니고 가능성이 있어서 하는 일도 아닙니다. 옳은 일이기에 또 아니하고는 안 될 일이기에 이렇게 하는 것입니다. 그렇다고 여러분이 나무를 심는 일이 선조들처럼 목숨까지 버리는 일은 아니지 않습니까? 이렇게 오늘 심는 이 나무는 이푸름 시대에 가면 우리 세대처럼 벌거숭이가 아닌 푸른 옷을 입을 수 있는 일입니다. 후손들이 언제까지 벌거숭이로 살도록 둬서는 안 되지 않습니까? 우리가 못 먹고 못 입더라도 후손들이 잘살 수 있게 해야 한다는 생각입니다.

이푸름과 아버지는 대통령의 말에 아무 말도 못 하고 고개를 푹 숙이고 있었다. 그렇게 대통령이 산꼭대기까지 한 바퀴 돌고 떠난 뒤 산의 기운이 달라졌다. 아이들은 더욱 신나서 묘목을 날랐고 어른들은 새참도 잊은 채 나무를 심으며 산비탈에서 서로 경쟁하듯 땅을 파고 나무를 심기에 바빴다. 이푸름이 아버지에게 물었다. 아버지, 대통령의 말대로 나무를 심으면 진짜 나라가 변할까요?

아버지는 삽을 멈추고 하늘을 보았다. 글쎄다. 나무는 금방 자라지는 못한다. 그렇지만 나무를 심지 않으면 영원히 민둥산인 거지. 대통령의 말대로 나라도 비슷할 거다. 아무것도 하지 않으면 아무 변화도 일어나지 않듯이 지금 나무를 심지 않으면 이 민둥산에는 아무 변화도 일어나지 않고 새도 벌나비, 곤충도 어떤 동물도 살지 못하는 영원히 벌거숭이가 되어 있겠지.

이푸름은 고개를 끄덕였다. 봄 햇살이 쌀쌀한 햇살을 밀어내며 방금 심은 작은 소나무들에게 따뜻한 바람을 실어나르고 있었다. 나무들은 금방이라도 뽑힐 것처럼 연약하지만, 뿌리는 흙 속에 탄탄하게 삶의 터전을 잡고 있는 것 같았다. 이푸름은 자신이 무슨 큰일이나 한 것처럼 뿌듯한 생각이 들었다. 그리고 상상의 나래를 펴덕였다.

십여 년이 흐르고, 내가 군 복무를 마치고 마을로 돌아왔을 때 이 산이 얼마나 푸르름으로 무성하게 어우러져 있을까? 지금 황폐한 민둥산은 아마도 온통 초록빛으로 초록 바람을 일렁이며 새들이 모여들어 노래하는 터전이 될 거란 생각이 들었다. 그렇게 되면 자신이 오늘 심었던 나무들이 두 팔 벌려 자신을 환영할 거란 생각을 하니 기분이 좋았다.

그때는 내가 심은 나무가 새와 벌나비를 키우는 기쁨의 맛을 보겠지. 나무는 사람을 배신하지 않으니까. 이 나무가 자라서 바람을 막아주고 흙을 붙잡아주고 뭇 생물을 살리는 초록산이 되겠지. 대통령의 말대로 한 나라의 역사도 한 세대의 선택이 남겨놓은 결과물일지도 모른다. 그 시대를 살아있던 누군가의 손끝에서 시작되어 심어지고 누군가의 땀으로 키워지고 그렇게 세월이라는 숲이 무성해지는 것인지도 모른다.

생각 사이로 푸른 바람이 날아온다. 박정희 대통령은 말했다. *나무를 심는 것은 흙의 상처를 치유하기 위한 것이다. 나무가 흙의 상처를 치유하며 그 상처를 자양분으로 자라는 것이다.* 박정희 대통령과 경호원들은 해가 집으로 잠을 자러 떠난 후에야 산에서 떠나면서 말했다. *이제 이 나무들이 뿌리를 내릴 때쯤이면 우리나라 경제도 같이 뿌리를 내리게 되겠지.* 그날 저녁 박정희 대통령은 일기를 썼다.

민둥산에 식목하러 갔다가

희망찬 냄새를 보았고 희망찬 냄새를 맡았고 희망찬 미래를 보았다.

바람은 오래전부터

산의 상처를 핥고 있었다.

그 바람의 가슴속에는

베어낸 나무들의 이름이 아직 남아 출렁이고 있어

바람이 불 때마다 나뭇가지 우는 소리가 처량하게 들리는 것이다.

그날 사람들 말에 나는 나를 산에 장례 하는 마음으로

괭이와 삽을 들고 나무를 심었다.

어린나무에 희망이 흔들리고 있었다.

단풍잎 같은 손가락에 연필을 쥐고 희망을 쓰듯

나는 그 어린 생명에게

내가 가진 가장 간절한 마음을 밀어 넣었다.

그리고 산을 보면서

벌거벗은 산은

벌거벗은 국민의 마음과 닮았다는 생각을 했다.

나는 나무를 심는 자리마다 희망을 듬뿍듬뿍 넣었으며

이 나라에 가난을 함께 묻었다.

이 나라에 불운을 함께 묻었다.

과거의 가난

과거의 고통

갈라진 손마디

말하지 못한 상처들

다른 나라에 침략

모든 것을 땅에 묻었다.

땅은 말없이 받아들였다.

나무는 어리거나 크거나

인간의 무거운 비밀을 받아들이는 존재라는 생각을 하자

바람이 온몸을 흔들며 맞다고 맞다고 말했다.

새롭게 심긴 묘목들이

환하게 웃었다.

오늘 이후

산은 온몸에 아름답고 조화로운 초록을 덧칠하기 시작할 것이다.

십 년, 이십 년, 오십 년…

이제 이 희망이 자라면

어린 나무는

한 시대의 그림자를 모두 덮고 햇빛을 날라줄 것이다.

어떤 나무는 아이의 손으로 심어졌고

어떤 나무는 노동자의 폐 기침으로 심어졌고

어떤 나무는 한 나라 지도자의 기도로 심어졌다.

나무야 나무야!

아무리 힘들어도 눕지 말고 서서 자라주렴

너희 나무의 버팀을 잊지 않을게.

어느새 바람이 창문을 넘어와 휘릭 휘릭 공책 장을 넘긴다.

낮에 산에 있던

삽 괭이 녹슨 그릇 그리고 어린 나무들이

청와대까지 따라 들어왔다.

일제저항기를 지나며 베어지고

전쟁에 타버린 산골짜기마다

국민의 아픔과 고통과 울음이 뒤범벅되었다.

나라를 위해 싸우다 저승으로 간 애국심으로 뭉친

선조들의 얼로 나라를 지켰다는 생각에 또 마음이 저리다.

세월이 지나고 산이 푸르러지면

마을 사람들도 변하기 시작하겠지.

매일 새벽 산에 오르고

묘목에 물을 주며 즐거움을 느끼겠지.

나무들이 자라나는 소리를 들으며

사람들 마음에도 뿌리가 튼실하게 자라고

가지가 하나씩 뻗어나겠지.

그리고 도시에서는 경제개발 계획을 시작해야 한다.

사람들 생각이 점점 자라서

산에 매달리는 것이 아니라

돈을 벌어야 한다고 생각할 것이고

일부는 산이 살아나고 있다고 좋아할 것이다.

모두가 맞는 말이기에

모두의 욕구를 충족시켜야 하기 때문이다.

나라란 무엇인가?

국방도 경제도 산도

모두 다 함께 자라야 할 것들이다.

모두가 다 중요하지만

국민들 마음이 튼튼하게 자라는 것이 가장 중요하다.

이 모든 걸

다 자라게 하려면 내가 어찌해야 할지

매일 연구해야만 나라가 산다.

국민이 살아야 이 나라가 산다.

앞으로 십 년 정도 흐르면

푸르름이 하늘을 찌르고

사람들은 산길을 걸을 것이고

바람이 노래를 하고

새들이 집을 지을 것이고

계곡엔 맑은 물이 조랑조랑 흘러내리겠지

그럴 때쯤

우리나라 경제도

눈부시게 발전해야 한다.

이다음에 내가 떠난 후에도

숲은 자랄 것이고

후손들은 그 숲에서

여가를 즐길 수 있겠지.

우리나라에 살고 있는 그늘들이

모두 초록으로 바뀌겠지.

그러러면

잠을 반납하고

먹는 시간도 반납하고

모든 시간을 오직 국가 발전에만 헌납해야 한다.

오! 조국이여 내 한 몸 다 바칠 테니

튼튼하고 건강하게 잘 자라다오.

소양강댐

　강원도 깊은 산골, 소양강 상류에 강줄기는 가뭄에는 거북의 등처럼 강바닥이 갈라지고 장마철이면 폭군처럼 흘러 마음을 삼킨다. 박정희 대통령은 청와대 본관에서 서성거린다. 봄비가 내리기 시작하자 또 언제 화마처럼 들판과 마을을 쓸어갈지 모를 소양강의 폭력이 생각났다. 저 강을 어찌 다스려야 국민이 걱정 없이 살 수 있을까? 봄비가 제법 세차게 내리며 세종로를 굽어보는 창문을 마구 두들겼다. 빗소리가 난타를 치고 있는 방안은 난타 감상이 아닌 걱정에 젖은 박정희 대통령의 마음을 마구 두드리고 있었다.

　책상 위에는 경제기획원 차관보가 올린 보고서가 강아지 눈망울 같은 까만 눈으로 대통령을 쳐다보고 있었다. 마치 먹이를 달라고 애교를 부리듯이. 자료를 본다. 홍수 피해 예산 가뭄에 따른 식량 부족 온도계가 매년 기온을 높이고 있다. 박정희 대통령은 결정을 내리고 차관보에게 말했다. 물을 잡지 못하면 국민의 고통을 치료할 수 없소, 댐을 만들어서 물을 잘 이용해 장마가 져도 가뭄이 와도 걱정 없이 살 수 있도록 해야겠소. 이대로 해마다 장마와 가뭄에 국민이 희생되는 것을 보고만 있을 수는 없소.

　대통령의 말에 차관보는 말했다. 각하, 그렇게 되면 홍수 피해와 가뭄에 따른 식량 부족은 해결되겠지만, 수몰 지역 반발이 강원도 전체로 번질 수도 있으니 신중하게 고려하서야 할 겁니다. 고려해

주십시오. 이봐! 당신은 반발이 두려워 국민의 근심을 해결할 일을 못 한단 말이오? 그 고려 시대 같은 소리로 고려해 달라는 말은 집어치우고 되도록 연구를 해 보시오! 차관보는 아무 말도 하지 못하고 서류를 챙겨 들고 나갔다.

국회 건설위원회에는 댐을 건설하려는 의욕보다 반대하려는 의욕이 구름과자 연기와 섞여 매캐했다. 구름과자 연기를 헤치며 야당 의원 노건설이 큰 소리를 질렀다. 그럼 수몰 지역 주민 3천여 명의 삶은 어디서 보상받습니까? 정부는 소양강댐이 경제성 있고 주민의 피해를 위한다지만, 우리 당에서는 맹목적인 소양강댐 건설을 반대한다! 반대한다! 반대한다! 국회장이 무슨 궐기대회를 하는 광장같이 변해버렸다.

무조건 반대를 위한 반대인 걸 알지만, 워낙 강하게 밀어붙이자 여당 국회의원은 아무 말도 못 하고 있었다. 기자들은 탁자를 내리치는 야당 의원의 주먹과 반대한다는 소리와 여당 의원의 무표정한 표정과 무엇을 쓰는지 메모하는 여당 의원들을 번갈아 찰칵찰칵 찍고 있었다. 박정희 대통령은 밤샘하면서 보고서를 보다가 새벽녘에 결정을 내렸다.

이 계획은 반대를 위한 반대이거나 앞을 보는 눈이 없어서이거나 둘 중 하나인데 두 가지 이유 모두 합당하지 않다. 지연될 경우 국민의 피해는 갈수록 커질 것이다. 그들의 반대가 타당하지 않으니 국민의 안전과 피해 방지를 위해 야당과 타협이 되지 않으니 국민을 위해 그냥 밀어붙여서 해야 한다. 국민이 힘들거나 곤경에 처하면 모든 책임은 내게 있으니 내가 모든 걸 책임져야 한다고 결심을 굳힌다.

이튿날 춘천 소양강이 흐르는 마을로 찾아갔다. 마을회관에 주민들을 모이게 했다. 주민들이 나서서 말했다. 우리는 대대로 이 산과 강을 중심으로 살아왔소. 그런데 댐이라니? 댐이 생기면 조상 산소니 집이니 모두 물속으로 가라앉는다면서 그게 말이나 됩니까? 그들이 마구 앞다투어 나서자 마을 주민대표인 설마표가 나섰다. 다들 조용히 하십시오. 제가 나서서 타협하겠습니다.

설마표는 마을에서 농사를 짓고 있지만, 전직 소령 출신이라 신뢰를 받아온 인물이었다. 그는 앞서서 말했다. 보상을 얼마나 해 줍니까? 자, 보상이나 여러 가지 문제는 다음에 다시 의논합시다. 박정희 대통령은 다음 기회로 미루고 그 마을의 심각성을 다시 한번 둘러본 뒤 서울로 왔다. 다음 날 건설부 내부 회의에서 실무 과장들이 난색을 보인다. 대통령께서 강행 의지가 아주 강한데 아직 토질 조사도 완벽하게 못 했으니 어찌해야 할까요? 그냥 급하게 밀어붙이면 주민들과의 관계도 그렇고 사고 위험도 있어서 난감합니다.

그때 젊은 기술관 하면되가 나서서 말했다. 저는 대통령 각하께서 하시려는 소양강댐은 반드시 필요하다고 생각합니다. 해마다 반복되는 산사태 복구와 가뭄에 동원되는 그 많은 피와 땀을 여기 계시는 분은 현장 일을 안 하시기에 잘 모릅니다. 얼마나 힘들고 인력 낭비며 때로는 목숨도 잃는 경우가 있는지 모릅니다. 한 해 빨리 시작하면 한 해만큼 국민의 피해나 고통이 줄어들고 국가의 재정 면에서도 이익이라고 봅니다.

이승만 대통령 시절 미국에서 국비 장학생으로 공부를 하고 온 하면되었다. 모두 그의 말에 아무 말도 하지 못했다. 일주일 후 박정희 대통령은 춘천 시청 강당으로 주민들을 모이게 했다. 그러나 주민대표인 설마표가 말했다. 대통령 각하, 우리는 모든 것을 다 잃습니다. 조상의 산소도 집도 밭도 그리고 땅도 그러면 우리더러 죽으라는 말밖에 더 됩니까? 박정희 대통령은 단호한 목소리로 말했다. 내 여러분 심정 충분히 이해합니다. 그러나 해마다 일어나는 장마나 산사태 피해는 누가 복구하고 가뭄에 농사를 못 짓는다면 여러분의 조상 산소도 집도 밭도 다 필요 없는 황무지가 되고 맙니다.

그뿐 아니라 장마에 해마다 떠내려가는 집과 목숨을 잃는 사람들의 목숨은 조상 산소가 구해 줍니까? 집과 밭과 땅들이 살려 줍니까? 여러분께서 잘 생각해보십시오. 나라가 돈이 많은 것도 아니고 그렇다고 국민을 괴롭히고 나라에 이익을 보자는 것도 아니고 당장은 힘들지만, 장래에 여러분이 마음 놓고 가뭄에도 농사를 짓고 장마철에 집과 논밭 잃어버리는 것을 막고자 결정하는 일입니다.

어떤 일이든지 희생 없이는 아무것도 변하지 않습니다. 봄에 아무리 힘들어도 씨앗을 뿌리지 않으면 가을에 추수할 알곡이 없듯 여러분의 지금 당장 힘들고 고통스러움을 견디지 않으면 여러분은 해마다 장마와 가뭄과 가난과 고통 속에서 살아가야만 합니다. 여러분의 잠시 불편함과 조금의 희생이 여러분의 후손들을 위하는 일이란 걸 알아주시면 고맙겠습니다.

이 소양강댐은 단순한 토목공사가 아니라 잠시 여러분의 삶터를 다른 곳으로 옮기는 대신 춘천은 물을 얻고 미래를 얻는 겁니다. 그렇게 바꾸는 일입니다. 그 희생에 걸맞은 보상은 국가가 하겠습니다. 여러분이 잘 생각하시고 나라의 부국강병과 미래를 위해 조금만 더 깊이 생각해 주시고 애국자가 되어주십시오. 우리의 선조들이 목숨을 걸고 일본에서 나라를 찾았고 6·25 전쟁 때는 수많은 목숨을 총칼에 던지면서 이 나라를 건져놓았습니다. 제발 선조들의 이 희생정신을 잊지 마시고 후손을 위해 조금만 양보해 주시고 나라의 미래를 위해 한 번만 더 깊이 생각해 주시길 당부드립니다.

주위는 얼어붙은 듯 조용했다. 주민대표도 더는 아무 말도 하지 않았다. 주민들의 문제를 해결하고 나니 또 다른 문제는 야당이었다. 야당은 추가 국정조사까지 요구하며 환경 영향도 충분히 검토하지 못했다며 반발하고 나섰다. 박정희 대통령은 청와대 수석들에게 말했다. 소양강댐은 단순한 댐이 아니오. 그 댐은 국가의 운명을 바꾸는 일이니 차질없이 진행하시오. 수석 중 한 명이 말했다. 각하 정치적 부담이 너무 큽니다.

수석의 말에 박정희 대통령은 말했다. 여러분은 대체 뭐 하는 사람들이오? 국민의 녹을 받아먹고 사는 사람들이 정치적 부담 때문에 나라의 발전을 가로막는단 말이오? 그렇다면 당신들은 도대체 뭘 하기 위해 국민의 피 같은 돈을 받아먹는단 말이오? 지도자에게 정치적 부담 때문에 나라의 발전을 가로막으라고 조언이나 하는 사람이오? 아니면 어떤 부담이 오고 자신들의 희생이 오더라도 국민과 나라를 위해 목숨을 바쳐서 할 방법을 찾아야 하는 사람들이오? 박정희 대통령의 불같은 화에 수석들은 고개를 숙이고 아무 말도 못 하고 모두 자리를 뜨고 말았다.

첫 삽을 뜨다

소양강에는 찬바람이 출렁이고 카메라는 댐 부지의 광활한 공간을 끊임없이 훑는다. 박정희 대통령은 하늘을 날듯 기뻤다. 대통령은 삽을 들면서 말했다. 오늘 이 강이 마지막으로 흐르고 새로운 소양감댐으로 환골탈태를 하면 한 번도 본 적 없는 기적이 다가올 것이다. 더 이상 산사태로 소중한 생명이 죽는 일도 장마로 강이 길을 잃는 일도 두꺼비 등 같은 가뭄도 모두 피난 가버리고 아름답고 푸른 물들이 출렁이며 이 춘천을 새로운 길로 걸어가도록 만들 것이다.

　여기저기서 굴착기들이 움직이기 시작한다. 먼지를 펄펄 날리며
쇳소리, 폭발음, 노동자들의 구호가 뒤섞이며 장대한 역사의 물꼬
를 트고 있었다. 멀리서 주민 몇 명이 지켜보며 말했다. *이 마을
슬픔과 가뭄과 장마를 모두 이 강물 속에 묻었으니 이제 편하게
살날이 오려나!* 그렇게 세월은 강물처럼 흐르고 흘러 1973년 소양
강댐이 완성되며 물이 차오르고 있었다. 물은 출렁이며 카메라를
불러들였다. 물속으로 잠기고 있는 나무들, 지붕 끝, 오래된 돌담,
그리고 수몰된 마을의 흔적을 한동안 담아놓으라고 소양강 물은
넉넉한 품을 내주었다.

　그 위로 햇살이 번져 나온다. 박정희 대통령은 소양강 호수를 바
라보며 기쁨을 감추지 못했다. 그래 이제 이 춘천은 소양강댐 덕분
에 모두 행복 기능으로 전원이 켜질 거야. 영원히 꺼지지 않을 전
원을 이제 올려야지, 하고 생각하니 지난 시간이 또 달려왔다. 주
민대표 설마표는 생각했다. 우리가 살던 터전은 물속에 가라앉았
지만 이로 인해 더 이상 가뭄도 장마도 목숨을 잃는 일도 없다면
우리 또한 한몫한 것이겠지. 박정희 대통령은 생각했다. 물을 읽을
때는 풍경을 읽을 것이 아니라 마음을 적서 읽어야 한다. 물은 출
렁이지만 어떤 그릇에 담아도 반항하지 않는 풍경이니까. 길을 내
면 내는 대로 따라 흐르고 물고기를 넣어주면 물고기 배 속까지
들어가서 물고기를 기르고 인간이나 모든 생물에게 아무리 착한
사람도 아무리 악한 사람에게도 거절하는 일 없이 골고루 갈증을

해갈해 준다.

인간처럼 욕심도 부리지 않는다. 그렇게 물은 물대로 흐르면서도 만물을 싸안는다. 소양강댐이 앞으로는 나라의 가뭄을 해갈하고 장마에도 홍수 피해도 막아줄 것이며 댐 안에 갇혀서도 출렁이며 출렁이며 우리 눈을 부드럽게 흐르도록 안내해줄 것을 믿는다. 물은 놀랄 만큼 긴밀하고 세밀하고 부드럽게 직조되어 있으니까.

고요한 물은 영원히 평온하여 시끄럽거나 마음속 때가 묻을 때, 금이 쩍쩍 가고 귀청이 떨어질 것처럼 요란한 소음을 피해 이 댐으로 달려오면 물의 요정들이 푸르게 뛰어놀며 오염을 씻고 소음을 씻어 줄 것이다. 물은 오염과 소음을 저 멀리 증발시키고 바람은 시시때때로 물 위에 먼지를 쓸어낼 것이다. 그렇게 깨끗한 물 위로 물고기가 튀어 오르고 태양이 솟아오르고 인간의 휴게실 역할을 톡톡하게 할 것이다. 물론 나라가 부강해지고 여유가 생길 때 일이겠지만, 생각만 해도 가슴이 뛴다.

희대미문(稀代未聞)의 영웅

33

감격의 일기

많은 어려움을 뚫고 소양강댐이 완공되었다. 나는 아내와 함께 소양강댐 기념으로 잉어 10만 마리를 풀어놓았다. 잉어들은 물의 수증기를 밀어내며 힐끔힐끔 우리 내외를 쳐다보며 물속으로 들어갔다. 물빛이 너무 맑아서 눈이 시려서 물고기들의 인사를 놓쳤다.

1973년 7월 30일은 소양감댐과 잉어들의 생일이다. 소양강댐은 동양 최대의 사력댐이며, 세계에서 5번째로 큰 댐이다. 소양강댐의 유역면적은 2,703㎢이다. 수도권과 중부 지역의 홍수 방지와 전기 공급, 상수도 공급원의 역할을 톡톡히 해낼 것이다. 연간 12억 톤의 수돗물을 공급할 수 있을 것이며 연간 53GWh의 전기를 생산하여 수도권 지역에 공급할 수 있을 것이다.

또 북한의 어떠한 공격에도 쉽게 파괴되지 않도록 진흙과 돌로 만들어진 사력 다목적댐은 높이 123m 제방길이 530m의 중앙 물막이 공법을 이용했다. 토목구조물 주변의 물의 흐름이나 침투수나 지하수를 차단하거나 제어하여 구조물의 안정성 확보 및 시공 안정성을 높이기 위한 공법인 중앙 차수 공법을 이용한 사력 다목적댐이다.

총 가용 저수량은 29억 톤 정도는 되니 이만하면 국민에게 많은 혜택이 갈 것으로 생각한다. 또 소양강댐은 춘천 북산면을 중심으로 인제, 양구에 걸쳐 조성되었다. 이 주변 경관이 매우 아름다워 국민의 눈과 귀를 즐겁게 해 삶이 풍요로워질 것이다. 앞으로 조금 더 신경 쓰면 강원도의 대표 관광코스가 될 것이다. 고기 종류도 많이 살고 이 코스로 유람선을 타고 고려 시대 사찰 청평사를 관광할 수도 있게 될 것이다.

청평사는 원래 973년(광종 24)에 영현선사가 절을 세우고 백암선원이라고 하였다고 한다. 그러나 얼마 뒤에 문을 닫았고 그러던 중, 이 지역에서 벼슬을 살던 이의가 1068년(문종 22) 절을 고치고 다시 문을 열면서 보현원이라 개명했다고 전해진다. 그러나 1089년 이의의 아들인 이자현이 벼슬을 버리고 이곳에 은거하면서 많은 건물을 새로 짓고 이름을 문수원이라고 하였고 현재의 청평사라는 이름은 1550년 명종 때 승려 보우대사가 극락전과 그 밖의 모든 요사채를 새로 지은 뒤에 이름을 청평사라고 고쳐 부른 것이라 한다.

본당인 능인전은 1851년(철종 2)에 소실되었으며, 6·25전쟁 때 여러 당우가 소실되었으며 현존 당우로는 극락보전·회전문·소승방 등이 남아 청평사를 지키고 있다. 고려 시대에는 이자현 원진국사 승형, 문하시중 이암, 나옹왕사 등이 조선 시대에는 김시습, 보우, 환적당, 환성당 등이 이곳에 머물면서 당대 최고의 고승과 학자들이 학문과 사상을 옹달샘처럼 맑은 물로 퐁퐁 쏟아냈고 뛰어난 문인들은 시문으로 이곳의 자연과 문화를 도려내어 또 다른 아름다운 자연환경과 시문과 설화를 잘 어우러지게 진열해 놓은 곳이라고 한다.

그중에서도 당나라 설화가 신비로운 초록색을 띠고 전해온다. 중국 당나라 태종의 딸 평양 공주를 사랑한 청년이 살았는데 사랑한 것이 죄가 되어 태종에게 살해를 당한 청년은 상사뱀으로 환생하여 공주의 몸에 붙어살았다고 했다. 궁궐에서는 상사뱀을 떼어내려고 여러 치료방법을 찾아 전국에 수소문했지만, 피눈물을 흘리며 죽은 청년 상사뱀은 절대로 공주의 몸에서 떨어지지 않자 공주는 궁궐에서 쫓겨나 방랑하다가 청평사에 이르게 되었다.

공주는 굴에서 하룻밤을 자고 탕에서 몸을 깨끗이 씻은 다음 스님의 가사를 곱게 지어 올렸다. 그 공덕으로 상사뱀은 공주와 인연을 끊고 해탈하였다고 한다. 이에 공주는 당나라의 황제에게 이 사실을 알려서 청평사를 새롭게 잘 단장하고 탑을 세웠다고 한다. 이 탑을 공주탑이라고 하고 공주가 목욕한 곳을 공주탕이라고 하며 상사뱀이 윤회를 벗어난 곳을 회전문이라고 부르게 되었다는 전설이다.

회전문은 중생들이 윤회전생을 깨우치게 하기 위해 만들어졌으며 그 이름은 불교 경전을 두었던 윤장대를 돌린다는 의미에서 비롯되었다고 한다. 또 영지 명문 바위가 있는데 바위 윗면에는 한문으로 지은 시가 새겨져 있다. 이 시는 스님이 깨우침을 얻어서 지은 시라는 뜻으로 오도송(悟道頌)이라고 한다. 한글로 해석하면 다음과 같다.

'마음이 일어나면 모든 만물 일어나고
마음이 사라지면 모든 만물 사라지네
이와같이 모두가 사라지고 나면
모든 세상 곳곳이 극란세계일세'

조선 중기에 세워진 절의 문 보물 제164호는 큼직하고 반듯하게 다듬은 돌로 축대를 쌓고 그 위에 주춧돌을 놓아 문과 좌우 행각을 지었는데 현재는 행각의 주춧돌과 문만 남아 있다고 한다. 문의 평면구조는 앞면 3칸, 옆면 1칸이며 단층 맞배지붕 건물이라고 한다. 안타깝게도 6·25전쟁 때 소실된 극락전 앞에 세워진 중문은 중앙은 통로이고, 좌우에는 협칸을 만들어 천왕상을 안치할 수 있도록 했다고 한다.

연등 천장의 가구는 대들보와 복잡한 파련 대공(마룻보 위에 마루를 받쳐 세운 기둥의 하나)뿐이며 부연(처마 서까래의 끝에 덧얹는 네모지고 짧은 서까래)은 달려 있지 않다. 처마는 홑처마이며, 문짝도 없이 문만 남아 있다고 전해지는 꼭 가 보고 싶은 유서 깊고 불기가 가득한 사찰이다. 자연과 사람과 물고기가 같이 살 수 있는 곳이며 또한, 국가 중요시설로, 혹시 모를 테러나 외부의 공격에 대비하여 무기고와 경비인력을 배치하였다.

그뿐 아니라 서울과 수도권 인구가 1년 동안 쓸 물을 안정적으로 공급할 수도 있고 아울러 20만kW 용량 수력발전 능력까지 갖춰 소양강댐 건설은 수자원 확보, 홍수 조절, 전력 생산을 통해 한강의 기적으로 대변되는 경제성장에 이바지할 것이다. 이 소양강댐은 국가 기반 시설이 빈약한 지금 국내 최대 규모의 다목적댐으로 건설되었다. 그러므로 소양강댐은 국민의 안전을 지키고 우리나라 경제 발전의 중추적인 역할을 담당할 것이다. 홍수 발생 시 물을 하류로 흘려보내는 시설인 여수로에는 총 5개의 수문이 장착되었다.

뒤돌아보면 굽이굽이 난관도 많았다. 미국의 토목 회사인 스미스 힌치먼 앤 그릴스(Smith, Hinchman & Grylls)에 의하여 현지 조사가 이루어졌을 당시 제안된 형식은 108m의 콘크리트 중력댐이었다. 건설부는 일본공영과 소양강댐 기술조사 및 설계 용역을 체결하였는데 콘크리트 중력식이 무난하다고 했었다. 그러나 1967년에는 건설부가 한강 유역 합동조사단의 건의에 따라 높이 123m의 중력댐을 검토하게 되었다. 콘크리트 중력댐은 건설 기간 중 돌발 사태에 안전을 기할 수 있고 댐 완공 전에라도 발전을 개시할 가 능성과 국산 시멘트 사용은 국가 경제에 좋은 영향을 주리라 판단 했다. 그러나 이건 아주 중요한 일이므로 다른 방법도 연구해보라 고 지시했다.

1968년 5월

그러나 건설부는 예비설계를 마치고 콘크리트 중력식으로 본 설 계까지 시행했다. 시공을 맡은 현대건설은 록필(rockfill) 사력식이 면 총공사비에서 34억 원 정도의 공사비를 절감할 수 있고 공사 기간도 5년에서 4년 정도로 단축할 수 있다고 설계 변경을 제의해 왔다. 그건 전문가의 말을 듣는 것이 좋을 것 같았다. 콘크리트 중 력댐은 우리나라의 철근, 시멘트 등 건설자재 생산능력의 부족과 막대한 수송비와 건설비가 소요될 예정이었다.

소양강댐 건설지인 춘천 신북 일대에는 사력댐에 필요한 바위, 자갈, 모래 등이 풍부하다고 했고 콘크리트 댐은 건설 과정이나 안 정성은 높지만, 전시나 각종 공격에 취약하다는 이유를 들어가며 자세하게 설명했다. 콘크리트 댐은 폭탄에 맞았을 때 구조가 파괴

되지만, 사력식 댐은 그런 식의 충격에 강하다며 6·25 전쟁의 충격에서 아직도 허우적거리는 상황이라 전쟁이 얼마나 나라를 피폐하게 만드는지 알기에 전쟁을 염두에 두어야만 했다.

지금 댐을 건설하는 위치가 삼팔선 바로 아래인 것을 고려하지 않을 수 없었다. 특히 전쟁에 대한 대비를 하지 않으면 안 되었다. 북한은 호시탐탐 남한을 공산화하기 위해 오로지 군사 훈련에 온 정신을 쏟고 있음을 너무나 똑똑하게 목격했고, 얼마나 치밀하고 계획적이고 잔인한지도 겪었다. 그러기에 더욱 그 부분을 첫 번째로 염두에 두어야만 했다. 현대건설의 이러한 일정으로 1968년에 중반에 이르기까지 설계 변경안을 고치고 상의하느라 원래 1967년 4월에야 착공을 했다.

착공이 많이 늦어진 것이다. 어느 날 정주영 회장이 한일기본조약의 독립축하금 명목으로 받은 보상금을 소양강댐 건설에 사용하였는데, 최초 설계사는 일본이 유리한 설계를 제시하는 방식으로 공사비를 착복할 의도가 있었다. 그러나 전쟁이 막 끝나서 건설 사정에 밝지 않은 건설부가 이에 넘어갔다. 그러기에 그건 안 된다고 계속 반대했다. 어쩔 수 없이 건설부 장관과 대동한 자리에서 마음을 돌린 반면 건설교통부 수자원 공사 관료들의 보고 과정에서 사력식 댐이 적절하다는 판단을 내렸다.

나도 포병장교 출신이라 콘크리트 댐이 적의 공격에 취약하다는 것은 이미 알고 있었기에 결정을 내리기가 쉬웠다. 다행스럽게도 한전이 전력 단일목적에 유리한 저수량 댐(10억 톤)을 계획하던 중이었다. 그런데 한전은 마침 정부가 일본 마루베니(丸紅) 상사와 차관계약을 서두르고 있음을 포착한다. 정부는 이 저수량 댐 건설에 필요한 기자재 공급원으로 1967년 4월 12일 마루베니와 차관 1,395만 달러 계약을 체결하고 경제기획원 승인을 받아 전격적으로 저수량 댐 건설을 기정사실로 하고 댐 전체공사의 건설을 한전이 담당하겠다고 주장하고 나섰다.

미국의 기술지원하에 구성되었기에 미국 조사단은 다른 의견으로 소양강댐 규모는 고댐(145m)이 최선의 방안이고, 중댐(123m)은 차선이며, 저댐(100m)은 부적당하다고 했다. 한강에 있어서 충주 및 소양강댐 지점은 대체불능의 전략 지점이므로 최대한 활용되어야 한다는 것이었다. 국무총리가 건설부, 상공부와 한전의 책임자들을 소집하여 2차에 걸쳐 조정을 시도해 보았으나 계속 결정이 지연되어 내가 직접 브리핑하여 소양강댐은 다목적 중댐 규모로 개발하도록 하라는 결단을 내렸다.

시공을 맡은 현대건설 등 국내 굴지의 건설업체에는 아직 충분한 장비가 갖춰지지 못해 차관을 들여 건설에 필요한 장비를 구입하고, 그것을 건설업체에 대여하는 형식을 취했다. 이때 양성된 기능공과 기술은 나중에 고속도로를 건설할 때 일꾼으로 쓸 수 있는 성장의 밑거름이 되리라고 생각했다.

건설 과정은 기술 부족으로 매우 어려웠으며 자재를 덤프트럭에서 실어다 그대로 부어 만드는 공법이 사용되었다. 이 공법은 저렴하고 안전했지만, 외관이 좋지 못한 단점도 있었다. 그러나 처음 건설하는 일이니 시행착오는 어쩔 수 없다는 생각을 했다. 자갈과 흙, 암석의 조합인 사력댐으로 건설한 이유는 북한을 의식한 공사였다. 북한군의 공격에 쉽게 파괴를 당하면 안 된다는 점을 잊지 말아야 하기에 힘들고 어려워도 해야만 했다.

현재로서는 아주 중요한 국가 중요시설의 하나다. 그러므로 웬만한 폭탄과 미사일의 공격에도 방호가 가능할 수 있어 무기고와 경비인력도 배치되어야 하며 소양강댐에 대한 방호 훈련도 실시해야 한다. 조선인민군 특수작전군이나 간첩의 테러 공작에 철저하게 대비해야 하기 때문이다. 그러기 위해서는 변전 시설 인근에 벙커와 같은 군사 시설들을 설치해야 한다. 소양강댐 자체를 파괴하거나 폭파해 서울을 수몰시키는 것은 불가능하다고 하지만 수도권에 대한 수도 공급에 지장을 주거나 변전 시설을 파괴해 전력난을 일어나게 할 가능성은 북한에 충분히 있기 때문이다.

내 글씨체로 댐 입구에 대통령의 이름과 소양강댐을 새긴 친필 비석을 남겼다. 소양강댐이 완성되자 지난 시간이 앞을 다투어 달려왔다. 잠은 오지 않고 일기장을 뒤적거리며 지난 시간을 거닐고 있다.

아내가 조심스럽게 말했다. '기업인들을 모아 조출하게 대접하며 힘든 점이 무엇인지 물어보고 격려를 해 주는 것이 어때요?' '아니 임자 어떻게 그런 생각까지 했소? 나는 바빠서 아무 생각도 없이 이리저리 분주한데 역시 부잣집 딸이라 다르구먼. 내 그리하리라.' 정신없이 다른 계획을 수립하느라 잊고 있던 일을 아내가 일깨워 줘서 고맙다.

나는 기업인들을 모아놓고 다과회를 베풀었다. 그리고는 '오늘 모인 여러분들이 앞으로 나라를 살릴 역군들이요 부자 나라로 들어갈 열쇠를 간직한 분들이니 힘내어 주시오. 내 어려움도 잘 압니다. 우리나라는 자원도 부족하고 무엇 하나 갖춰진 것이 없습니다. 이런 상황에서 우리나라에서 물건을 파는 일보다 외국에 파는 일이 얼마나 힘든 일인지 잘 알고 있습니다. 그래도 물건을 만들어 다른 나라에 수출하는 것만이 우리나라가 살길이란 걸 명심해 주길 바라오.

그리고 내 매달 기업의 수출 실적이 좋은 회사나 목표를 달성한 기업에는 포상을 내릴 것이오. 만약 포상을 못 받은 회사는 더욱 분발하면 또 받을 기회가 있으니 모두 최선을 다해주시길 바라오.' 하고 말했다. 내 격려에 힘내고 용기를 가지고 기업들이 열심히 노력해 주면 좋겠다. 공무원들 역시 열심히 일해야 한다는 내 지침에 따라 주어 외국 사람들과 협상을 하고 공장에서는 노동자들이 맡은 바에 최선을 다해주었으면 비는 마음이다.

나라가 부강해지려면 길을 내야 한다. 운송수단이 있어야만 가난에서 벗어날 수 있다고 생각한다. 경부고속도로와 여기저기로 통하는 길을 내야겠는데 장관을 비롯해 누구 하나 찬성하는 사람이 없어 고독하다. 이 나라에 이렇게 앞을 내다보는 관료가 없단 말인가? 그들은 이구동성으로 '차도 별로 없는데 국민들은 당장 한 끼 먹을거리도 없는데 고속도로가 왜 필요하냐'며 비판하고 나서니 이 일을 어쩌면 좋을지 방법을 찾아야 한다.

그뿐 아니라 고속도로를 놓으면 돈을 낭비해서 나라가 망할 거라고 하는 쓸개 빠진 말을 하고 나서는 자도 많았다. 재무부 장관까지도 힘들다고 반대를 한다. 암흑같이 가슴이 답답하다. 일반 국민은 무지해서 그렇다 치고 장관이란 자들까지 앞을 내다보는 눈이 없으니 홀로 외로운 섬에 떠 있는 느낌이 든다. 그러나 앞을 내다보는 눈이 없는 무지한 장관과 국민을 상대로 한탄만 하고 있거나 나조차 그 말에 동조하여 밀어붙이지 못하면 경제가 부흥하지 못하는 것은 물론 나라는 영영 가난에 또 자리를 빼앗기고 말 것이다.

어떻게든 앞을 보고 나라의 미래를 위해 강제로라도 밀어붙여야만 한다. 직접 공사할 회사를 찾아가서 사람들을 설득시켜야 한다. 도로를 놓으면 어떻게 달라지는지를 설명해야 한다. 도로가 완

공되면 우리나라가 전국적으로 피가 강물처럼 흘러 부강한 나라가
될 것이니 힘을 내 달라고 부탁해야겠다. 한 번 설명해서 안 되면
두 번 아니 천 번, 만 번이라도 설득해서 반드시 고속도로를 출산
해야 한다.

1968년 3월 4일

하늘은 봄비를 쏟아내려는지 먹구름이 가득하다. 나는 서울과
부산을 잇는 길을 붓으로 굵게 그어놓았다. 그 모양은 마치 우리
나라에 등뼈처럼 도드라져 보였다. 그러나 붓으로 그리기야 쉽지
만, 그 등뼈를 이식하는 데는 현실적으로 얼마나 많은 어려움이
따를지 안다. 그럼에도 하지 않으면 나라의 발전은 기대할 수 없
다. 방법을 찾아야 한다. 청와대 집무실에서 한 달 넘게 고심을 하
고 책상 위에 펼쳐진 도면을 바라보았다. 경부고속도로!

아내는 내가 밤을 새우는 것이 걱정되는지 집무실로 꿀물을 가
지고 와서 말한다. '이렇게 밤을 새워 걱정하시니 아마도 하늘이
돕거나 땅이 돕거나 선대 조상들이 도와서 잘 되겠지요.' 하고 말
했다. 방해될까 봐 이 짧은 말을 하고는 꿀물을 놓고 조용히 나가
는 뒷모습에는 잘 된다는 신념이 흰나비처럼 나포리 나포리 날아
올랐다. 경제기획원에서는 여전히 '돈이 없습니다.

외자 차관도 쉽지 않고, 국내 은행도 난색입니다.' 부정적인 말만 쏟아놓지 '예, 하려고 하면 반드시 될 겁니다'라는 말 한마디 하는 관료가 없는데 아내만은 유일하게 자신감을 안겨주니 고맙다는 생각이 든다. 나는 아내가 나간 뒤에 더욱 힘이 났다. 그래, 모두가 안 된다고 해도 아내가 된다고 하면 될 것이다.

내 아내는 지혜가 있고 앞을 보는 눈도 있고 현실을 잘 헤쳐나가는 자애로움도 있는 사람이다. 내가 밀어붙이지 못하면 이 나라는 영원히 길이 막혀 어디도 못 가고 물류도 지방에서만 고여 있어 썩어나가도 대책 없이 바라보아야만 한다. 그러면 세계로 발돋움하는 일은 영원히 불가능하다. 그렇기에 반드시 고속도로는 태어나게 해야 한다. 아니 꼭, 반드시, 기필코 해놓아야만 나라의 미래를 보전할 수 있다. 내가 죽더라도 밀어붙여야 한다.

1968년 4월 4일

고속도로를 놓겠다는 정부 발표가 있자 국회 앞과 공사 예정지 주변에 사람들이 모이기 시작했다. 농민, 대학생, 일부 지식인, 그리고 이름 없는 시민들 어쩌면 저렇게 나라의 발전을 가로막는 일에 철저하게 한 편이 되어 움직이는지 신기하다. 나라가 발전하는 일에 저렇게 뭉치면 얼마나 나라가 발전할 것인가? 저 무지하고 앞을 못 보는 국민. 그것은 국민의 대통령인 내가 감당해야 할 일이다. 어쩌랴! 몇 년 후는커녕 당장 눈앞에 먹이를 좇아 생각하고 말하고 행동하는 저 국민을! 저들의 아우성이 청와대까지 따라와서 소리를 질러댄다.

'저건 고속도로가 아니라 도박이다!

나라 살림도 어려운데 무슨 고속도로냐!

농지부터 지켜라!

밥도 못 먹고 살고 차도 없는 나라에 웬 미친 짓이냐!

나라를 말아먹으려는 수작이다.!

국가 고위직을 위해 고속도로를 만들려는 수작을 당장 멈춰라!'

오늘 야당들은 국민과 학생들 지식인까지 선동해 고속도로 놓는 일을 가로막기 위해 전쟁을 방불케 했다. 첫 삽을 뜨기도 전에 뜻밖의 일이 벌어졌다. 여러 사람이 도로 위에 길게 드러누웠다. 흙길에 누워서 마구 외쳤다. '이 길을 내려면 우리 몸을 갈아엎고 지나가라!' 내가 현장에 도착하자 현장 책임자가 얼굴이 하얗게 질렸다. 경호원을 물리치고 나 혼자 그들 앞으로 나섰다. 길 위에 길게 누워 있는 이들 중, 흙투성이 얼굴이 되어있는 젊은이에게 다가갔다. '젊은 친구가 왜 여기 이렇게 누워 있습니까?' 나는 부드럽게 물었다.

그러나 학생은 이를 물고 말했다. '우린 이 나라가 무너지지 않게 하려고 누워 있습니다.' '도로를 놓는다고 왜 이 나라가 무너진다고 생각합니까?' 젊은이는 입술을 깨물며 말했다. '지금 빚을 내어 도

소백산맥 **16**

로를 깔면 그 빚은 누가 책임집니까? 결국, 나라가 망하고 말 것입니다.' 나는 어이가 없어 신발을 벗고 맨발로 학생 옆에 앉았다. 학생은 어느새 내 구두를 보았는지 '나라의 대통령이란 분이 다 떨어진 구두를 신고 다니면서 도로가 말이 된다고 생각하십니까?'

나는 그 말에 움찔 신발을 쳐다보았다. 그리고 말했다. '그래, 젊은 친구들이 그렇게 생각할 수도 있지, 나도 실은 두려워요. 그러나 아무리 두려워도 아무리 힘들어도 먼저 해야 할 일이 있고 아무리 좋고 아무리 쉬워도 해서는 안 될 일이란 게 있는 법이지요. 길이란 반드시 필요합니다. 길이 없으면 공장도 일자리도 내일도 보장할 수 없습니다.

그래서 우리가 뼈를 깎는 아픔을 겪으면서 도로를 내려고 하는 이유는 바로 당신, 그러니까 우리가 아무리 힘들고 굶주리더라도 젊은 미래들이 잘 살 수만 있다면 해야 한다는 책임과 의무 때문에 하는 겁니다. 젊은이가 말했듯 그래, 한 나라 대통령인 내가 왜 저리 너덜거리는 구두를 밑창 갈고 또 갈아신으면서도 이 도로를 놓으려고 하는 이유를 생각해 본 적 있나요?

이유는 단 하나, 조국의 미래와 여러분 같은 미래를 위해서 당신들이 이 길로 맘껏 달리며 꿈을 펼치며 자유롭게 살아가는 걸 보려고 하는 일이오. 우리는 일본에서 나라를 찾고 북한의 침략에 나라를 지키느라 이렇게 헐벗고 굶주리지만, 이 가난을 여러분처럼 젊은 미래에 다시는 물려주지 않기 위해서요. 내 말 이해하겠소? 내가 대통령으로서 국민을 위하고 미래를 위하는 일이 아니라면 무엇 때문에 여러분의 반대를 무릅쓰고 고속도로를 내려고 하겠소?

모두 여러분, 그러니까 국가의 백년대계를 위해 우리가 못 입고 못 먹더라도 여러분은 잘 먹고 잘살게 해 주려는 것이오. 그 일이 여러분이 이 도로에 누워서 투쟁할 만큼 잘못된 일이라고 생각하오? 잘 생각해 보시오!' 젊은이는 빳빳하게 들고 살기가 돌던 얼굴을 푹 숙이고 있었다. 그리고 그는 어느새 무릎을 꿇고 앉아있었다. 손등에 눈물이 뚝뚝 떨어지고 있었다. 옆에 누워 있던 사람들이 하나둘 일어나기 시작했다. 어디선가 흙바람이 불어왔다. 누워 있다가 일어나 앉아 내 말을 듣고 있는 사람들에게로 진흙 바람이 지나갔다.

손등으로 눈물을 훔치는 사람이 보였고 고개를 숙여서 우는지 웃는지 보이지 않는 사람도 있었다. 내가 일어나 신발을 신자 사람들은 나를 보는 것이 아니라 내 신발에 관심이 더 많아 보였다. 그렇게 돌아왔으나 마음이 편하지 않았다. 답답함과 걱정과 앞으로 헤쳐나가야 할 일들이 숨 막히게 달려왔다.

1968년 4월 14일

오늘 또 고속도로 공사장에 갔다. 그러나 누워 있는 사람은 야당 인사들밖에 없었다. 그들은 어차피 반대를 위한 반대를 국민을

소백산맥 ⑯

동요하기 위한 수단으로 활용하는 사람들이라 신경 쓰지 않아도 된다. 다행스러운 것은 젊은 친구들과 회사원들이 모이지 않았으니 이제 열심히 도로를 놓는 일만 최선을 다해 안전을 지키며 하면 된다. 그렇게 외자를 끌어들이고 국내 자금을 쥐어짰다. 인건비를 줄이기 위해 군인들이 삽을 들었고, 국민은 반신반의로 지켜보았다.

나는 매일 기도하는 마음으로 지켜보았다. 이 길이 반드시 성공하여 이 나라에 피가 원활하게 도는 혈관이 되게 해달라고 빌었다. 어서 완공되어 서울에서 부산까지 몇 시간 만에 달린다면 물류 배달이 쉬워지고 여러 경제 측면에서 엄청난 변화가 생길 것이고 그것이 경제 활성화에 초석이 될 것이다. 부산에서만 팔던 부산어묵이 한나절 만에 서울에 도착하고 부산 앞바다에서 잡히는 싱싱한 생선들을 한나절에 서울에서 받아서 먹을 걸 생각하니 힘이 솟았다.

그러나 야당 인사들이 저렇게 자신의 인기에만 영합하며 반대를 하고 있어 또 답답하다. 그렇지만 고속도로가 태어나면 저 야당 인사들 역시 저 도로를 이용할 것이다. 그들도 내 국민이니 감싸 안아야 하겠지만 본인들이 이 도로를 달릴 때 편하지만은 않을 것이다. 나는 공사하는 사람들에게 말했다. '장비도 부족하고 기술자도 모자라고 무엇 하나 갖춰진 것이 없는 것 압니다. 그러기에 힘들더라도 더욱 도로를 놓아야 합니다. 고생스럽더라도 참고 힘껏 일해

주시길 바랍니다.' 하고 왔지만 고생하는 그들이 눈에 선하다.

앞으로 2년 정도 지나면 고속도로가 완성될 것이고 고속도로를 달리는 온 국민이 놀라는 기염을 토하게 될 것이다. 그리고 그 후 경부고속도로는 우리나라에 완전한 변화를 아니, 기적을 가져올 것을 확신한다. 부산항을 통해 농산물이 세계로 수출되고 공산품이 농촌으로 도시로 쉽게 배달되고 지역 간의 거리가 가까워져 기업들은 물건을 더 쉽게 운반하게 될 것이며 이 도로는 우리나라가 수출 강국이 되는 데 아주 중요한 디딤돌이 될 것이란 생각을 하니 어디선가 신바람이 불어왔다.

국토를 관통하는 경부고속도로의 탄생은 우리 역사의 대변화를 예고하고 있기 때문이다. 험난한 시대를 견디면서 우리는 무얼 해볼 생각도 해야 한다는 여유도 갖지 못하고 가난을 붙잡고 불행의 원두막에 앉아 한숨만 짓고 있다. 그러나 하려고 하면 무엇이든 못할 것이 없는 우리 국민성이다. 나는 일제 저항기와 6·25를 거치면서 우리 민족의 그 저항성과 못할 것이 없는 저력을 보았기에, 무엇이든 지도자인 내가 길을 내면 모두 그 길 위를 씽씽 달리며 전 세계를 휘어잡을 결기를 보았기에, 저들의 무작정 반대가 겁나지 않고 두렵지 않다.

희대미문(稀代未聞)의 영웅

34

　세월이 흐르면 국민도 내가 결정한 이 길이 옳았음을 깨달을 날이 올 거라는 생각, 아니 어쩌면 지금 이 세대가 못 깨닫고 못 누린 눈부신 시간을 후손들이라도 깨닫고 누리게 해 주고 싶어서다. 이런 자신감으로 나는 일을 추진해 나간다. 경제 발전은 기본이고 지금은 고향을 가기 위해 이용할 교통편은 고작 철도밖에 없다. 명절 때면 밤을 새워 줄을 서서 차표를 구해야 하고 그래도 구하지 못하면 사랑하는 가족 만나는 것을 포기해야 한다.

　그렇지만, 고속도로가 완공되면 사람들은 그렇게 고생하지 않아도 될 것이다. 그렇게 되면 사람들은 정신부터 자유로워질 것이다. 일을 마치고 조금 빨라도 좋고 조금 늦어도 좋을 시간을 여유롭게 이용할 수 있고, 그때 이미 사람들은 행복을 느낄지도 모른다. 고향에 가기 위해 지옥 같은 기차표 예매 대신 가족들을 만날 기쁨에 젖을 것이다.

그렇게 행복을 싣고 고향으로 달려가며 기차를 탄 사람들은 자리에 앉아서 편안하게 가락국수를 먹으며 고향을 갈 수 있고, 버스나 승용차를 이용하는 사람들은 가락국수 대신 휴게소에 들러 맥반석 오징어를 먹고 호두과자를 먹고 어묵을 사 먹고 어린이들 손에는 과자 봉지가 들린 채 가족이 손에 손을 잡고 고향에서 기린 목이 되도록 기다리는 부모님을 찾아가겠지.

열차가 출발하는 시간이면 몰려든 사람들로 역마다 북새통이 되고 매달려서라도 고향을 찾고자 하는 저들이 여유를 가지고 도로 위를 달릴 수 있을 때 저렇게 결사반대하던 야당은 국민에게 무어라고 말할지 궁금해진다. 지금 서울에서 부산까지 완행열차를 타면 열네 시간 이상 걸린다. 하루하루 벌어 먹고살아야 하는 이 가난한 나라에서 이 짧은 거리를 왕복 이동 시간만 1박 2일이 걸리면 이들은 차 안에서 시간을 보내는 데 지치면서 고향을 찾는다.

그러나 이제 고속도로가 완공되면 서울에서 부산까지 400여 킬로미터를 5시간 이내로 획기적으로 단축할 수 있어 질적으로나 양적으로나 분명 눈부신 신세계가 열릴 것을 나는 확신한다. 내가 독일에 갔을 당시 에르하르트 서독 수상은 고속도로에 관한 얘기를 꺼냈을 때 내 가슴은 얼마나 붉은 피를 내뿜으며 두근거렸던가? 한국의 도로 사정은 좋지 않은 곳으로 알고 있다며 '개발도상국에서 고속도로 건설이란 엄두도 못 낼 사업이지만 우리 독일은

 소백산맥 16

밀어붙였습니다. 나 혼자는 엄두도 못 낼 사업이지만 독일 국민의 도움이 있어 가능했다.'는 말에 나는 생각했었다. 과연 우리 국민도 독일처럼 동의해줄까?

우리가 최적화된 어려움을 겪는 이 시기에 독일은 산업 동맥 건설을 중시한 자랑을 지니고 있어서 너무 부러워했던 나였다. 나는 서독을 방문했을 때 아우토반을 직접 이용했었다. 마치 우리나라에서 이용하고 있다는 연습을 하는 느낌으로 나는 그 길을 처음 타고 가보았다. 독일의 대표적인 고속도로인 아우토반은 1964년 당시 이미 삼천㎞에 이르는 고속도로망을 갖추고 있었고, 도로망을 이용해 자동차 산업을 비롯한 산업 전반을 활성화했고 세계 대전 이후 황폐해진 독일의 경기를 일으키는 데 결정적인 역할을 했다는 것을 두 눈으로 똑똑히 듣고 두 귀로 똑똑히 보고 귓속에 달팽이관에 수송하고 저장해서 가져왔었다. 아우토반의 소슬바람 소리까지 하나도 놓치지 않고 귓속 안테나에 저장해서 오면서 다짐을 했었다.

천하가 다 길을 막아도 나는 반드시 길을 내겠다. 우리나라의 미래를 위해서 못할 일은 아무것도 없다는 의지가 그때부터 지금까지 단 한순간도 약해지지 않았다. 나는 믿었다. 나 자신을 믿었고 조국을 믿었고 국민성을 믿었다. 아침마다 반짝거리는 햇살의 위대함과 햇살 아래 떨어진 절벽 같은 그늘도 닦고 닦으면 흰빛으로 변한다는 걸 나는 믿는다.

세상 모든 일은 인간이 만든 것이기에. 남로당 총책을 맡을 때 이미 조국을 위해 내 목숨을 내놓았다. 무엇이 두렵겠는가! 나는 달이 놀러 나오는 초저녁부터 달이 잠을 자러 들어가는 새벽까지 의지를 굳히기 위해 책 속에 파묻혀 있다가 생각 속에 파묻혀 있다가 막연히 뒷짐을 지고 서성거리다가 아침 햇빛이 잠옷을 벗어 던지고 주름치마를 입고 환하게 웃으며 깡충거리는 시간이 되어서야 한숨도 못 잔 것을 깨달았다.

잠은 내게 억울하게 능멸당했다고 화를 냈다. 뜬눈으로 잠에 미안하다고 사과를 한 날이 너무 많아 더욱 미안하다. 혹시 잠이 내게 아무런 개연성도 없는 필연성에 매달리고 오류에 젖어 있다고 조용히 난데없는 습격으로 들이닥칠지도 모른다. 그렇지만 그 잠이 만약, 흙탕물을 뚫고 나오는 여름의 가시연꽃처럼 아름답게 내게 다가오면 포근히 안고 자 주리라. 하지만, 기대와는 달리 잠은 내게 습격해 오지 않았다.

고속도로 현장에 나가자 야당 인사들이 길 위에 드러누워 아우성치는 소리가 귓속을 파고들며 내 심중을 어지럽힌다. 저 불협화음을 내는 음정을 도돌이표로 돌려보내 다시 아름다운 멜로디로 만드는 장인은 없을까? 늦도록 나와 함께했던 달도 아침 햇살도 때가 되면 모두 원점으로 돌아가는데 나라 발전을 막는 반대는 이 땅에서 사라지지 않는구나! 저들의 내장은 강철판으로 만들어진 내장일까? 반대라는 어떤 다른 물질로 만들어진 내장일까? 사람

이라고 다 사람이 아니고 여럿 중에 드문드문 섞어 있다는 말로
나 자신을 위로하며 고속도로를 다녀왔다.

으앙으앙! 경부고속도로 울음소리가 천지를 뒤흔들다

　대한민국의 '경부고속국도 제1호'란 이름표를 달고 우렁찬 울음
을 길게 늘이며 태어났다. 나는 우렁한 울음으로 출생하는 도로를
지켜보며 하늘을 보고 산을 보고 땅을 보고 마구 소리를 지르고
싶은 생각이 들었다. 감격이 울컥울컥 목을 타고 넘어왔다. 기쁜데
너무 기쁜데 자꾸만 눈물이 나고 밥도 안 넘어가고 꿈인지 생시인
지 꿈이라서 깨면 사라져버릴까 두려움마저 들었다. 제2차 경제개
발 5개년 계획의 중심 사업이 성공하는 첫 번째 출생이다.
　1968년 개통된 경인고속도로에 이어 출생한 고속도로다. 1968년
태동하여 1970년에 태어났다. 서울특별시 서초구 원지동을 기점으
로 부산광역시 금정구 구서동까지 울음은 길게 길게 이어졌다. 모
두가 불가능하다던 길은 그렇게 큰 키를 자랑하며 대한민국에 당
당하게 태어났다. 길은 수도권 대도시와 대전·대구·울산 3개 광역
시를 비롯하여 주요 거점 도시들을 이어 주며 전국을 일일생활권
으로 만든 국토의 대동맥의 기운을 가지고 태어난 어린이다. 자랑
스러운 출생이다.

이제 이 길은 무럭무럭 자라 대한민국을 눈부시게 발전할 발판이 되어 줄 것이다. 1968년 2월 1일 대한민국 땅과 하늘이 합궁하여 2년이란 시간을 고속도로라는 이름을 위해 끊임없이 물 주고 비료 주고 거름을 주어 튼튼하게 자라도록 만들어 1970년 7월 7일 태어났다. 이들을 잉태시키는 데 총건설비는 421억 100만 원에 달했으며, 공정계획은 전 노선을 서울~수원(23.6㎞), 수원~오산(14.2㎞), 오산~천안(38.1㎞), 천안~대전(68.2㎞), 대전~대구(149.8㎞), 대구~부산(122.1㎞) 등 6개 구간으로 나누어 관리하며 튼튼하게 살아갈 것이다.

고속도로가 태어나자 고속시대의 막이 올랐다. 경부고속도로의 탄생은 공로(公路)의 획기적인 전환점이 될 것이다. 종래의 공로 수송이라면 소비자들 간의 일상생활용품을 인근 지역에 소량 수송하는 것으로 인식했었다. 그러나 전국을 종단하는 고속도로가 출생함으로써 소비자 위주의 이용체계에서 생산자 중심의 이용체계로 바뀌는 기적 같은 일이 일어날 것이다. 그로 인해 생산성이 높아져 후진국에서 벗어나 선진국으로 달릴 수 있는 발판이 마련되었고 국민들은 편리한 생활을 누리게 되었다.

내가 바라던 일이 완성되었다. 고속도로의 출생은 내가 제2의 탄생을 하는 것 같은 느낌이다. 감동적이어야 하는데 오히려 슬픔이 구름처럼 밀려온다. 고속도로의 키는 415.42㎞이며, 이 중 4차로는 68.90㎞ 6차로는 166.58㎞, 8차로는 159.51㎞, 10차로 이상인 구간은 20.43㎞이다. 지금 15개 분기점에서 후에 이 고속도로를 기점으로 영동고속도로·호남고속도로·중앙고속도로·중부내륙고속도로·서울외곽순환고속도로 등 전국 고속도로와 연결될 것이며 교차시설은 모두 입체교차로로 도로 곳곳에 무인 속도측정기를 설치할 것이다.

전 구간에 걸쳐 36개 영업소와 34개 휴게소, 33개 주유소가 길의 휴식처가 되어 줄 것이다. 몇 년 후면 이 경부고속도로 위를 달릴 차들은 하루 평균 3만 대의 차량이 이용하게 될 것이다. 너무나 신이 나서 한숨도 못 잤다. 개통식에 참석해야 하는데 이놈의 잠은 어디로 가서 밤이 새는지도 모르고 놀고 있는지. 일어나 공설운동장에서 치러지는 개통식에 참석해야 하는데 잠은 놀다가 아침에 들어와서 같이 자자고 치근거리며 보챈다.

잠에게 찬물을 퍼부으며 혼을 내고 공설운동장에 갔다. 정부 주요 관계자가 모두 참석했다. 모두 잔치 분위기로 들떠 있었다. 나는 경부고속도로를 민족의 대의요 한반도의 대동맥이라고 말했다. 428㎞에 이르는 경부고속도로에는 수원 구미 대구 울산 포항 마산을 연결하는 산업화 벨트가 형성되어 있기 때문이다. 우리나라 경부고속도로 대회 출범식을 두고 전 세계 전문가들은 매우 인상적이라고 떠들어댔다. 장 프랑스와 코르테 사무총장은 경부고속도로는 현대교통시스템의 첫 발전 단계를 대표하고 있으며 다른 고속도로와 함께 한국교통 인프라의 중추 역할을 할 것이라고 했다. 불가능하다고 말할 때는 언제고… 그러나 기분은 좋았다.

그래서 경부고속도로는 나에게 있어 매우 상징적이고 중요하며 내 마음속에 경부고속도로는 이미 문화유산이 되어 자리 잡고 있었다. 독일 한스자이델재단 한국 사무소 대표인 베르나르트 젤리거는 경부고속도로에 대해 건설 초기에 전에는 그 누구도 경부고속도로가 이렇게 중요한 역할을 할 것이라고 예상하지 못했고 건설이 가능하리란 생각조차 못 했다고 말했다. 그러나 나는 말했다. 당신네 독일은 아우토반같이 긴 고속도로도 놓았는데 한국이라고 못할 것이 무어냐고 말했던 기억이 생생하게 떠오른다.

나는 육군 공병대 대령 윤영보 씨를 만났던 기억이 아직도 푸르게 자라고 있다. 서울에서 부산까지 이어지는 고속도로의 노선을 정하라고 지시하고 함께 전북으로 답사를 다녀오면서도 이 문제는 아무에게도 말하지 말라고 당부했다. 시작도 하기 전에 안된다! 불가하다! 할 수 없다! 끝없는 부정적인 말에 시달리다 보면 시작도 하기 전에 길이 부러지고 말 것이기에 철저하게 입단속을 했다. 내가 경호원과 윤영보 씨만 데리고 경부고속도로에 노선 확정을 위해 전국을 누빈 것만도 20여 차례가 넘는다.

이 거대한 새로운 역사 창조는 그 기본 계획을 짤 때부터 먼저 앞을 내다볼 줄 아는 사람과 해야만 가능하기 때문이다. 어느 정도의 초안을 잡은 다음 앞을 내다볼 줄 아는 긴 눈을 가진 눈 좋은 보배 대령을 데리고 구체적으로 계획한 일정을 성사시키기 위한 행보였다. 그리고 현대건설의 정주영 사장을 불러 경부고속도로 예산을 잡아보라고 했다. 되도록 이른 시일 안으로 잡으라고 했다. 현대건설은 당시 태국에서 고속도로를 만들고 있었기에 그 경험을 토대로 뽑아보라고 했다.

그러나 경부고속도로 건설 계획을 추진하기는 쉽지 않다고 말했다. 그리고 예산을 뽑는 것조차 각 기관이 내놓은 예산이 크게 어긋날 정도였다. 모두 안 된다고 불가능하다고 아우성치는데 엎친 데 겹치는 일이 계속되었다. 야당은 국회에서 본격적으로 경부고속도로 건설을 반대하는 비난 성명을 발표하였다.

반대 이유는 시기상조 및 재정 문제였다. 지금 한국의 경제 실정을 고려할 때 막대한 예산이 드는 고속도로 건설은 시기 장조이며 국가 재정에 무리가 따른다는 주장이었다. 또 다른 반대 이유는 예산법 정주의 위배로 정부가 예산도 확보되지 않은 상태에서 국회 보고 없이 공사를 시작하는 것은 예산법 정주에 어긋난다며 맹비난을 펼치며 성명을 발표했다. 대원군이 경복궁을 짓다가 쫓겨났듯이 박정희도 경부고속도로를 만들다가 망할 것이라고 저주 어린 비난까지 퍼부었다.

심지어 당시 국가 기관 고속도로 건설 계획조사단장인 안경모 씨 집을 날만 새면 찾아가 대통령을 똑바로 모시라고 호통을 치고 심지어 어떤 의원은 재벌들이 벤츠를 타고 편히 놀러 다니기 위해 고속도로를 만드느냐고 따진다는 소리까지 들린다. 더욱 기가 막

히는 일은 여당 의원과 고위 인사가 따로 없이 모두 반대를 한다
는 것이다. 그럴수록 나는 부작용을 줄이기 위해 속전속결법을 써
야만 했다. 용지 확보도 빠를수록 좋다고 생각했다.

이유는 시간을 끌면 땅값이 춤을 출 것이 뻔하니 1주일 안에 끝
내라고 말했다. 고속도로를 내고 처음에는 국민이 편리하게 이용
하도록 고속도로상에 사람이나 동물 등 교통 장애물이 일절 없도
록 하게 하고 고속도로는 그 속도에 생명이 있는 만큼 사람이나 장
애물 때문에 자동차가 속도를 제대로 내지 못하는 일이 없도록 온
국민에게 계몽하도록 했다.

그리고 고속도로 이용률을 높이고 친숙하고 속도감에 익숙해지
도록 경인 국도를 보수하지 못하게 했다. 그렇게 추진한 결과 완공
목표가 거의 1년이나 앞당겨졌다. 기적이라는 생각이다. 아마도 세
계에서 가장 짧은 기간에 가장 값싸게 건설한 고속도로로 기록되
지 않을까 생각한다. 국제부흥개발은행인 아이비알디(IBRD)도 경
부고속도로에 대해서 부정적인 의견을 내놨다. 그리고 또 첨언을
했다. 아마 저러다 방법이 없으면 그만둘 거라고.

아이비알디(IBRD)에서는 '저 가난한 나라 대한민국이 무슨 고속
도로냐, 말 같지도 않은 말 들어줄 시간 없으니 가시오!' 하며 머리
를 흔들며 상대도 안 해줬다고 한다. 하긴 심지어 언론도 경부고속
도로 건설에 대한 부정적인 기사들을 쏟아내는 상황이 이어지는
데 당연한 일이겠지. 더군다나 권력자들만 자동차를 타고 다닌다

는 저런 뒤진 생각을 하는 국민에게 국제부흥개발은행인 아이비알디(IBRD)에서는 너무도 당연한 일인지도 모른다.

나는 너무 외롭다. 높은 산꼭대기에 폭설이 내리고 냉풍이 불어오는 곳에 발가벗고 홀로 서 있는 느낌이다. 이것도 숙명이겠지만 이승만 대통령께서 왜 남로당 총책을 맡으라고 했는지 조금은 알 것 같다. 이 외로움을 이기라고. 국민 아무도 나라 편이 없는 상황에서 나라를 발전시키라고 그랬을까? 외로움이 활활 타올라 나를 태우지만, 그 외로움의 불을 끌 시간조차 주어지지 않았으니 동해물과 백두산이 마르고 닳도록 하느님이 보우한 이 나라를 진정 나 혼자의 힘으로 지키란 말인가!

어찌 이토록 가혹하게 혹독한 형벌을 내게 짊어지게 해서 이 대한민국 땅에 태어나게 했을까! 외롭다! 아내에게 막걸리 한잔을 달라고 해서 외로움을 안주로 마셔야겠다. 그래야만 다음 일을 찾아서 반대에 맞서서 나라를 발전시킬 수 있을 것 같다. '임자, 나 막걸리 한 잔만 주오.' 내 말에 아내는 찬 막걸리는 몸에 해롭다며 따뜻하게 데운 막걸리를 김치와 함께 들고 와서 사뿐히 부어주며 말했다. '드시고 푸욱 주무셔야 또 다음 일을 할 수 있어요. 외롭고 힘들어도 저들이 모르는 탓이니 어쩌겠어요. 제가 옆에 있으니 힘내세요!'

아내는 나가지 않고 술을 부어주며 아기를 달래듯 나를 달래고 있다. 고마운 아내다. 이렇게 힘들 때 내 마음을 읽어 주다니!

나는 미국에 가서 과학 기술 연구소들을 둘러보고 큰 충격을 받았다. 잘 정리된 멋진 실험실에서 과학자들이 연구하는 모습을 보면서 아찔한 현기증이 일었다. 선진국의 모습이 저런 것이다. 우리나라도 저렇게 미래를 위한 과학 기술을 연구할 인재를 키워야 한다고 생각하고 한국에 돌아와 바로 지시했다. '미래의 과학 기술을 이끌어갈 인재를 키워야 하니 카이스트(한국과학원)를 만드시오. 물론 어려움이 있겠지만 단시간에 학교를 세워야 나라의 미래가 있다'고 말했다.

그들은 또 문을 열기까지 너무나 단시간이라 어려움이 많다고 투덜거렸다. 또 모두 무모한 일이라고 호응을 하지 않는 목소리다. 나는 또 황홀하게 외로웠다. 도무지 이 나라는 무엇 하나 나라를 위해 쉽게 할 수 있는 것이 없다. 사사건건 불가능하다, 어렵다, 먹고살 것도 없다… 핑계에 핑계만 계속 팽이처럼 팽팽 돌리고 있다. 그러나 나는 홀로 또 세상을 이길 우리나라의 경제 대국을 위해 또 홀로 둑을 쌓아야만 했다.

돈이 없으니 건물을 제대로 짓지 못했다. 그걸 본 다른 나라가 가난한 나라에서 무슨 연구냐며 비웃는 건 참을 수 있으나 우리나라 조국의 관료들이 '못 합니다. 시기상조입니다. 예산이 없습니다.' 하면서 안 돼! 안 돼를 외치는 모습을 보는 것이 더욱 슬펐다.

정말 아프도록 슬펐다. 괴로워 머리를 짓찧는 나를 보며 아내가
조용히 말했다.

'국민이 교육을 받지 못해 무지해서 그렇고 관료들도 앞을 보는
눈이 없어 무지해서 그런 걸 어찌합니까? 속이 곪아서 터지더라도
우리가 해야지요. 일단 외국에서 공부하고 있는 한국 과학자들에
게 직접 편지를 써서 우리나라로 들어오라고 설득을 해보는 건 어
떻겠습니까?'

나는 아내의 말에 마음속에 번개가 번쩍! 하는 것이 보였다. 나
는 '그거 좋은 생각이오.' 하고는 당장 외국에서 공부하고 있는 과
학자들에게 편지를 썼다. '가난하고 헐벗은 당신의 조국에 당신이
필요합니다. 부디 돌아와 조국의 부름에 답해주시오.' 편지를 썼
다. 아내의 말이 적중했으면 좋겠다.

1968년 5월 1일

아내의 말은 현명했다. 편지를 받은 한국 과학자들은 조국의 부
름을 외면하지 못하고 속속 들어왔다. 한국으로 들어온 카이스트
학생들을 모두 청와대로 초대했다. 아내는 과학자들에게 손수 음
식을 만들어 대접했다. 나는 말했다. '당신들이 하는 것은 연구가
아니라 이 대한민국을 살리는 일이라는 걸 명심해 주길 바라오.

조국은 당신들의 얼굴만 쳐다보며 굶주림을 참아내고 있다는 걸 잊지 말아 주셨으면 합니다.' 그들은 조국을 살리는 길이라는 사명감으로 연구에 박차를 가할 것이라는 기대를 한다. 나는 그들에게 장학금과 기숙사를 지원하며 공부에 집중할 수 있도록 해 주기로 마음먹는다. 그리고 수시로 카이스트에 들려 학생들에게 '그대들이 앞으로 반도체와 아이티(IT)산업을 이끌 주역들이고 여러분은 공부하는 것이 아니라 과학 기술로 나라를 발전시키고 더 나아가 우리나라가 아이티(IT) 강국이 되게 할 주역들이라는 걸 잠시도 잊지 마시길 부탁하오.' 하고 격려할 말을 미리 적어놓았다.

1969년 1월 1일

어떻게 하면 나라를 빨리 부강하게 만들까? 아내가 말했다. '국민들에게 가난은 반드시 극복할 수 있다는 희망을 주는 게 좋을 것 같아요' 하고 말했다. 그걸 메모해서 밤새 생각하고 아침에 단단하게 머리에 새기고 국민에게 호소했다. '국민 여러분, 가난은 우리의 숙명이 아닙니다! 우리가 못사는 것은 능력이 없어서가 아니라 잘살아보고자 하는 의지가 부족했기 때문입니다. 일제저항기에는 나라 찾기에 힘을 다 썼고, 또 6·25 전쟁 때에는 자유민주주의를 지키기 위해 힘을 다 탕진하다 보니 우리가 잘살아보고자 하는 의지가 생길 겨를조차 없었습니다.

이제는 잘살아보자는 의지를 가지고 우리 스스로 일어서야 합니다. 그 의지로 열심히 일하면 정부가 도와 길을 열어줄 것입니다. 정부가 놓은 길을 따라 여러분께서 최선을 다하면 반드시 잘살 수 있습니다. 의지라는 말은 하늘에서 떨어지는 것이 아니라 여러분 가슴에 가득한 것을 꺼내는 것입니다. 잘살아보겠다는 의지를 가슴에 새기고 열심히 노력해서 한번 잘살아봅시다.'

그렇게 말하고 나니 힘이 불끈 솟고 가슴이 뜨거워졌다. 이제 나도 국민도 힘을 얻었으니 새마을 운동을 시작해야겠다. 새마을 운동은 지역사회개발을 위한 풀뿌리 운동이다. 우리 국민의 아무리 밟아도 다시 일어나서 버티는 풀뿌리 근성이면 반드시 잘산다는 확신이 섰다. 새마을 운동 계획자는 경남도지사 양찬우 씨에게 맡겼다.

전국적으로 가난에서 탈피하고자 하는 의지를 부추기는 내용으로 진취적이고 진보적인 색채를 띠며, 비록 가난하지만, 우리도 열심히 하면 된다는 정신을 북돋아 주는 노래를 만들어 전국 농촌에서 부르도록 해야겠다. 그런 다음 도시와 공장으로 확대되면 못할 것이 없다. 그렇게 하려면 새마을 운동을 대대적으로 홍보하여 전국민적 운동으로 확산시켜야 한다. 내 마음에 새마을 운동이란 말이 차돌보다 단단하게 굳었다.

1969년 3월 3일

전남의 한 농촌 마을을 다녀와서 가슴이 아파 밤새도록 잠이 그 농촌에서 고집을 피우고 있어 밤을 새웠다. 길은 엉망이고 집들은 쓰러지기 직전이고 아이들은 물로 배를 채우고 있었다. 밤을 하얗게 새우며 고심한 끝에 그래, 농촌이 살아야 나라가 산다는 생각을 하면서 새마을 운동을 시작하기로 결심했다.

처음에는 정부에서 마을에 시멘트와 철근을 조금씩 나눠 주며 일을 열심히 하는 마을에는 더 나누어 주는 방법을 채택해 주민들 스스로 마을 길을 넓히게 했다. 처음에 주민들은 습관에 젖어 호응하지 않았다. 그러나 이웃 마을에 시멘트와 철근이 배달되는 것을 본 주민들은 하나둘 마음을 열기 시작했다고 한다.

전북에서는 할머니들이 새벽부터 길을 수리해서 포장하고 충남에서는 비 오는 날에도 힘을 모아 지붕을 고치기 시작했다. 나는 매주 보고를 받았다. 스스로 열심히 하고 싶어 하는 마음을 격려하고 응원하며 열심히 하는 마을에는 지원을 더 해 주고 그렇지 않은 마을에는 지원을 줄이는 대신 격려를 지급했다. 이렇게 관심을 가지고 노력하면 1973년쯤에는 새마을 운동이 전국으로 퍼져 나가 농촌의 모습은 하루가 다르게 변화할 것이다.

초가지붕이 양옥집으로 바뀌고 진흙탕 길이 아스팔트로 옷을 갈아입을 것이다. 1960년대는 주로 가발이나 신발 같은 가벼운 물건을 만들어 팔다가 이것만으로는 잘살기 어렵다고 생각하고 고심에 고심을 한 끝에 어느 날 아내 육영수에게 말했다. '어이 임자 이 나라를 어떻게 하면 잘살 수 있겠소? 임자는 부잣집에서 태어나 자랐으니 부자로 사는 법을 잘 알 것 아니오?'

아내는 망설임 없이 말했다. '제 생각에는요. 철강, 배, 자동차 같은 큰 물건을 만들어야 세계와 경쟁할 수 있다고 생각합니다. 딱따구리를 보세요. 딱따구리는 오직 부리로 곡괭이질을 하지만 집도 짓고 결혼도 하고 아이도 낳고 살잖아요. 그것에 비하면 우리 사람들은 지혜로운 머리가 있고 모든 연장을 다 이용할 수 있는 손이 있잖아요.

딱따구리 같은 새 종류에 비하면 인간은 모든 환경이 너무 좋은데 어찌해서 못 할 일이 있겠어요. 국민이 하면 된다는 걸 알고 해야 발전한다는 걸 알고 할 수 있도록 하는 것이 부모의 역할이니 철강이나 배, 자동차 같은 큰 물건을 만드는 건 손도 없는 새들이 강풍에도 흔들리지 않는 튼튼한 집을 짓는 거에 비하면 너무나 쉬운 일이 아닐까 생각합니다.

새들은 부리 하나로 저렇게 견고하게 집을 짓잖아요. 우리가 손으로 하는 일에 비교할 수 있겠어요? 우리 인간들은 생각도 할 수 있고 말도 할 수 있고 마음대로 움직일 손도 가졌으니 마음만 먹으면 다 할 수 있다고 생각합니다.'

아내의 말에 나는 무릎을 쳤다. 그길로 당장 중화학 공업을 키우겠다는 계획을 발표했다. 비가 억수같이 쏟아지는 날 장관을 찾아갔지만 역시 반대였다. 그도 그럴 것이 나라 예산의 절반을 쏟아붓는 큰 도전이었기에 아무도 찬성하지 않았다. 또 황홀하게 슬펐다. 장관조차도 앞을 내다보는 눈이 없어 한탄하는 나에게 아내는 조용히 말했다.

'본래 남보다 앞서간다는 건 외롭고 힘들고 고통스러운 일입니다. 그럼에도 불구하고 이 나라를 굶는 사람 없이 잘 살게 하려면 당신이 외로워야 합니다. 당신의 고독과 외로움으로 국민의 배가 부르다면 해야 하지 않겠어요?' 하고 나를 위로했다. '임자 고맙소. 임자말을 듣고 힘을 내서 해보리다. 나는 나를 위해 살아본 적이 없소. 그게 팔자인 모양이오.'

우리는 밤이 새는 줄도 모르고 나라 걱정을 덮고 누워서 말을 주고받았다. 심지어 국제통화기금 아이엠에프(IMF)와 미국도 너무 위험하다며 반대하고 나섰고 우리나라 경제학자들도 실패할 거라며 경고장을 남발했다. 하지만 나는 아내의 응원에 힘입어 밀어붙였다.

희대미문(稀代未聞)의 영웅

35

1969년 3월 9일

　내 머리에는 생각의 가지가 너무 많이 뻗어 있는 것 같다. 가지 하나가 뻗어나면 또 다른 생각의 가지를 키우기 시작한다. 이번 생각의 가지는 아내가 뻗게 해준 생각 가지다. 생각 가지를 키울 시간이 없었는데 아내의 말에 새싹이 마치 웅크리고 있다가 햇빛과 물과 공기가 적절한 시간을 만난 듯 파릇파릇 생각 가지로 뻗어 나가기 위해 싹을 틔우고 있다.

　철강이 없으면 농기구도 없고, 기계도, 공장도, 국방도 없다. 한국 전쟁 이후 황폐한 산업구조를 보며 기초 소재 산업을 반드시 갖춰야 진정한 경제자립이 가능하다는 판단은 늘 했었다. 철강을 모두 외국에서 수입해서는 나라의 발전이 없다. 철강 없는 산업화는 허상이다. 우리 힘으로 쇠를 만들지 못하면 나라가 일어서지 못한다.

그렇지만 우선해야 할 일에 떠밀려 까맣게 잊고 있었다. 그런 내게 아내가 다시 한번 일깨워 준 것이다. 역시 내조란 이렇게 할 일을 잠시 잊고 있을 때 알려주는 알람 종소리 같은 것이다. 그래, 지금이라도 어떤 반대를 하더라도 어떤 방법으로든 쇠를 만들어야 한다.

1969년 4월 5일

제철소를 지어야 한다고 말했었다. 그러나 관료들 역시 불가능하다고 말했고, 미국 역시 우리나라에 기술도 돈도 없다며 도와주지 않겠단다. 일본은 예전처럼 사사건건 간섭하려고 했다. 모두 예견하고 있었던 일이라 그다지 놀랍지도 않았고 겁나지도 않았다. 나라 경제 발전에 발목을 잡는 야당들의 속내야 연탄보다 새까맣다는 것을 알고 있으니 더더욱 놀랍지도 않았다.

1961년 4월 상공부는 철강재의 자급자족을 목표로 철강종합계획을 수립했다. 약 2천만 톤의 철광석 생산을 위한 광산 개발과 연간 21만 톤의 철강재 생산계획을 발표했다. 그리고 미국으로부터 제철소 건설에 필요한 외자 도입을 청했다. 그러나 내 예상대로 미국의 답변은 싸늘하게 무산되어 돌아왔다. 그러나 나는 중단할 수 없었다. 1962년에 다시 한국 종합 제철을 신설하여 역사적으로 유명한 독일의 덴마크, 크루프 같은 대표적 중공업 기업들과 미국의 블로 녹스 공동체와 계약 체결을 원하며 뛰어다녔다.

그러나 또 경제성과 기술성이 없다며 미국은 또다시 자금지원을 거절했다. 2년 연속 두 계약 모두 일회성으로 끝났지만 나는 절대로 포기하지 못했고 다시 방법을 모색하다가 앉아서 할 일이 아니다 싶어 다시 미국 존슨 대통령을 찾아갔다. 1965년 나는 피처 버그를 방문했다. 세계 굴지의 철강·공학 회사인 코퍼스 전문기술회사의 포이 회장을 만나 제철소 건설 차관을 요청했다.

'한 번만 도와주십시오, 우리나라 제철 회사는 반드시 성공할 것입니다. 우리 민족의 저력을 우습게 보고 이리 냉대를 하시면 훗날 미국이 후회할 것이오, 우리 민족의 끈기와 머리와 손기술로 못 할 것이 없다는 것 당신들도 익히 알잖소? 그러니 한 번만 더 기회를 주면 훗날 우리 후손들이 반드시 당신들의 이 은혜를 갚을 것이오. 우리 대한민국 민족의 역사를 보시오, 당신네 나라 역사와는 비교도 안 되는 긴 역사요. 그러나 잠시 일제 저항기와 6·25 전쟁 때 공산주의자들에게 이렇게 짓밟혔기에 황무지가 되었소. 자유 민주주의란 이름으로 그때도 미국이 도와주지 않았소. 한 번 더 도와주면 후에 반드시 성공해서 우리 후손들은 당신들의 은혜를 갚을 것이오.'

그는 내 끈질긴 설득을 듣더니 절반의 승낙을 했었다. 그에 힘입어 1966년 12월 6일 미국 피처 버그에서 5개국 8개사(미국의 코퍼스, 불로 녹스, 웨스팅하우스, 독일 덴마크, 지멘스, 영국의 웰먼, 이탈리아 임피안티, 프랑스 앵시드)는 4일간의 회의를 열었다. 그들은 나의 지치지 않는 열정을 보면서 반드시 성공할 수 있을 것 같다며 한국 종합 제철을 건설하기 위한 기본사항에 합의해 주었다. 여기에 힘입어 곧바로 국제사회의 지원을 끌어내기 위해 연합체인 대한 국제 제철 차관단(KISA)이 정식으로 발족했었다. 여기에서 회원국이 1억 달러, 우리나라가 3500만 달러를 부담한다는 조건으로 마침내 종합 제철 건설이 추진되었다.

한편 1967년 4월 28일부터 5월 12일까지 일본 철강 연맹 조사단이 한국을 방문하여 인천중공업, 인천제철을 방문하고 동국제강, 연합철강을 방문한 뒤 포항 종합제철소 건설본부인 소위 룸멜 하우스를 방문하여 조사 활동을 벌였다. 일본은 미국기업의 독주와 주도권을 배제하고 참여할 기회를 계속 노리고 있었다. 일본이 생각하는 한국 제철 사업에서의 주도권이란 바로 일본제 설비를 주도적으로 팔 수 있는 것에 눈독을 들였다. 나는 일본의 이런 속마음을 너무나 잘 알고 있기에 이를 이용해도 나쁠 것 없다는 생각을 했고, 그것이 잘 맞아떨어져 일이 생각보다 쉽게 진행되어가고 있었다.

그리고 입지 선정을 했고 1967년 7월 4일 경제기획원에서 열린 월간 경제 동향보고에서 포항이 제1 종합제철소 건설지로 공식 확정되었다. 포항이 최적의 조건으로 처음부터 확정된 건 아니었다. 월포, 포항, 삼천포, 울산, 보성 등 5개 지역을 집중 조사대상 지역으로 정하고, 한국종합기술개발공사에 현지 조사 및 비교 검토 용역을 의뢰하며 철저한 분석을 한 결과였다.

분석 결과 포항은 부지가 컸고 제철소 용지로 선정한 넓은 해안 일대 지역은 동쪽인 바다를 제외한 3면의 육지가 영일만을 감싸면서 동해의 강한 풍랑을 막고 있어 천혜의 항구를 이루고 있었기 때문이었다. 물론 문제가 없는 것은 아니었다. 입지 자체의 중요함보다는 정치권의 실력자들이 관심을 보이고 신경을 쓰는 기미가 여실히 보였다. 그뿐 아니라 애향심을 내세워 자기 고향에 설립하기 위해 투쟁을 벌이는 것도 보였다.

심지어 종합제철소 부지로 충남 서천을 내세우기도 했고 이후락 비서실장은 울산 또 다른 사람은 삼천포 등 온갖 장소를 다 들이밀었다. 이 사람들은 나라의 경제보다 자신의 욕심을 채운다는 생각에 모두 반대하고 최적지인 포항으로 결정했다.

나는 '종합제철소 입지를 두고 말들이 많은 모양인데, 내 생각에는 지금 별 의견이 없으면 포항으로 결정하는 것이 좋겠다.'고 결론을 내렸다. 지금 생각하면 참으로 아찔하다. 최단기간에 최소 인원과 최소 비용으로 건설해야만 했기 때문이다. 포항제철 건설에 참여한 사람들이 너무 무리하다고 투덜거리기도 하고 전쟁이라고도 했다.

그러나 어쩔 수 없는 일이었다. 누군가의 희생 없이 250만 평에 달하는 습지를 항만 준설공사로 퍼 올린 모래로 메우고 해일과 바람과 싸우면서 거대한 공장을 세워야 하는 엄청나게 고난도와의 싸움에서 이길 수 없기 때문이다. 더군다나 건설과 철강 제품 생산을 동시에 해야만 하니 전쟁이라고 하지 않을 수 없지 않은가? 어떤 사람은 말했다. '낙타가 바늘구멍을 통과하는 것보다 더 어려운 일을 우리에게 하라니 죽으라는 말이 아닌가?' 하고 심한 좌절감도 보였다고 한다.

1967년 10월 20일 한국 정부와 대한 국제 제철 차관단(KISA)는 전문 45개 조의 '종합 제철 건설에 관한 기본협정'을 체결했다. 1972년 9월에 조강 60만 톤 규모의 제철소를 완공하며, 향후 300만 톤급으로 확대한다. 건설자금은 1억3천70만2천 달러(외자 9천570만2천 달러, 내자 3천500만 달러), 대한중석이 실수요자라는 사실도 명시했다. 그러나 미국 국제개발처는 한국에 큰 규모의 제철소가 빠른 시일 내에 완공되지 않으면 다른 나라의 기존 제철소의 지위와 확장 계획에 위협적인 요소로 등장할 수 있으며, 세계 철강 시장의 가격구조에 혼란을 초래할 것으로 예상하고 반대하고 나섰다.

그러나 난관이 있다고 물러설 수는 없는 일이었다. 나는 일본에서 공부를 했다. 우리나라에 입힌 정신적 피해를 생각하니 괘씸한 생각이 들었다. 그래서 일본에 전쟁 배상금을 청구하기로 마음먹고 독촉했다. 그렇게 줄기차게 독촉해서 받은 전쟁 배상금을 제철소 짓는 데 쓰기로 마음먹고 직접 일본에 강력하게 독촉했다. 일본 관계자를 만나는 내내 끼니도 김밥으로 때우며 독촉했고 나의 끈질긴 독촉 결과 1968년 드디어 포항제철 공사가 시작되었다. 첫 용광로에 불이 붙던 날 나는 얼마나 감격스러웠는지 모른다. 무어라고 표현을 해도 다 할 수 없을 정도였다.

나는 생각했다. 이 포항제철에 불이 꺼지지 않는 한 한국은 망하지 않을 것이다. 그렇게 포항제철은 세계적인 철강회사가 되기 위해 시동을 걸고 자동차나 배를 만드는 데 필요한 철강을 우리나라에서 직접 생산하게 될 기초가 완성되기에 이르렀다. 포항제철은 단순한 쇠 공장이 아니라 우리나라가 스스로 일어설 수 있는 자립경제의 상징이 될 것이고 다른 나라에서 수입해 오던 것을 의존하지 않아도 되니 우리나라의 자존심이 될 것이라 생각했다.

앞으로 세계적인 기업으로 발돋움할 것을 확신했었다. 철강 없는 산업화는 허상이라고 생각했던 내 생각이 맞아떨어지는 날이 머지않아 오리란 생각에 잠을 설쳤다. 내가 종합제철소 건설을 고집한 것은 단순히 제철소 하나를 짓기 위한 것이 아니었다. 제철소는 산업화와 자립경제, 국가안보, 수출경제 전환이라는 거대 전략의 한 축을 담당하는 일이다.

수많은 반대 논리도 나를 이기지 못할 것이다. 그들은 현실도 미래도 생각지 못하기 때문이다. 내가 KIST·경제기획원 등 내부 조직을 통해 구체적 실행계획을 마련하고 집념과 조직적 추진의 결과로 개발도상국이 '기초산업 구축'을 통해 어떻게 산업구조를 전환했는지를 우리나라 관료들에게 보여주고 참고 삼아 나라를 경영하기를 보여주기 위한 대표적 정책사례지만, 과연 그들이 얼마나 나라의 경제 발전을 위해 연구하고 토론하고 실행할지는 의문이었다.

다만 그렇게 해주길 바라면서 앞에서 끌어주는 것이 내 책임이라 생각했다. 나의 총감독과 경제기획원의 자금, KIST 김재관 박사의 기획이 힘을 합했다. 김 박사는 포항에 허허벌판 위에서 도면을 들고 말뚝을 박으며 향후 500만 톤 이상 제철소를 확장할 것에 대비한 철저한 공장배치를 설계하게 하였고 공장을 더 짓더라도 기존 공장이 지장 받지 않도록 앞을 내다보는 기획을 했다.

야전 사령관을 맡은 박태준 회장의 박력과 추진력이 모여 이룩한 소산이었다. 나는 승부수를 걸었을 때가 생각난다. 일본 가나야마 대사를 술 한잔하자며 청와대로 불렀다. 대사의 생각 없는 얼굴을 쳐다보며 내가 말했다. '대사는 주한 일본대사 아니냐? 그럼 한국 일도 도와야 하는 것 아닌가? 그것이 두 나라를 위해 앞으로 좋을 것이며 일본이 우리나라에 조금이라도 죄책감을 갖는 일임을 잊으면 안 될 것이오.

지나간 일이라도 정확하게 일어났던 실화이니 기회가 있을 때 조금이라도 그 잘못을 씻으면 두 나라 관계가 조금이라도 좋아질 기회 아닌가?' 라고 말했다. 그는 내게 '그럼 무엇을 도와드리면 되겠습니까?' 하고 물었다. 흥미 있어 하는 것 같아서 망설이지 않고 하고 싶은 말을 했다. '사토 총리에게 내 친서(포항종합제철 건설에 필요한 자금과 기술을 일본으로부터 지원 요청)를 전하고 답(答)이 없으면 다시 우리나라에 올 필요가 없습니다.'라고 했다.

나는 가나 야마 대사가 가진 철학을 알고 있었다. 그는 한일관계가 잘못되면 일본 외교는 다 소용없다는 철학을 가졌던 인물이다. 이튿날 가나 야마는 나의 친서를 들고 일본 외무성에 들르지도 않은 채 곧바로 총리 관저로 직행해 사토 총리를 만났다고 했다. 그는 사토 총리에게 내 친서를 주며 '이것을 박 대통령이 써 줬는데 답이 없으면 올 필요가 없다고 했습니다.'라며 긴장을 시켜 놓았다고 했다. 편지를 열어 본 사토 에이사쿠(佐藤榮作) 총리는 '이것(포철 건설)은 안 돼. 안 된다고 그렇게 이야기를 했는데…'라고 말했다고 다시 전했다.

당시 야하타 제철은 한국의 제안에 대해 '나사 하나 못 만드는 나라가 제철 회사를 세우겠다니 우습다'라며 콧방귀를 뀌었다고 한다. 그러나 가나 야마 대사의 계속되는 설득으로 사토 총리가 신일본제철의 이나야마 요시히로(稻山嘉寬) 사장에게 '저녁에 만나자'라는 전화를 걸었고 적극적인 지원으로 돌아섰다. 이 만남을 통해 성사된 협력은 1968년 포항제철 건설로 이어졌으며, 이는 한국의 산업화와 경제성장에 결정적인 발판이 되리라 믿는다.

어찌하여 우리나라가 무엇이든 하려고만 하면 안 돼! 불가능해!

할 수 없어! 라는 말들만 하는가! 그 이유를 조금은 알 것 같다. 우리나라 국민성 때문인 것 같다. 내가 어떤 정책을 내어놓던 단 한 번도 모두 힘을 합해 노력하자고 하는 관료도 없었고 지식인도 없었고 국민도 없었다. 그래도 간혹 몸속에 먹물이 가득 찬 지혜로운 자들이 자신의 전 재산을 내놓고 나라를 위해 써 달라고 해서 숨통을 열고 숨을 쉴 수가 있었다. 그나마 이 진정한 석학 정신을 가진 사람들 덕에 우리나라가 돌아간다는 생각을 하고 희망이란 약이 되어주어 나라의 미래를 위해 뛸 힘이 되었다.

도무지 아무런 이유도 없이 반대! 반대! 반대! 하고 내가 일을 해내면 그걸 독재자라고 이름을 붙인다. 그렇게 해서 그 영광을 누리는 자들이 그렇게 말하는 것이 이해가 되질 않는다. 그래서 대통령이란 자리가 이렇게 고독하고 힘든 자리구나. 함께 머리를 맞대고 의논하고 토론하고 안 되는 것이 될 수 있도록 힘을 모으는 것이 아니라 무슨 일이든 의견을 내놓으면 기다렸다는 듯이 쌍수를 들어 반대하는 이 나라. 해보지도 않고 불가능을 외치는 나라. 불가능만 외치는 것이 아니라 못하게 길거리에 드러누워 막는 나라. 막아도 밀어붙여서 해놓으면 독재자라고 또 아우성치는 나라.

도대체 이 나라는 왜 이렇게 국민성이 모자랄까? 그래서 이웃 나라에 가장 많은 침략을 받으며 살아왔을까? 그렇다면 역사를 돌아보며 잘못된 습성은 고쳐야 하지 않는가? 참으로 답답하고 사방이 꽉 막힌 감옥에 갇힌 사람 즉, 囚라는 글자 속에 갇힌 사람 같다는 생각이 든다. 벽과 벽 사이를 물끄러미 바라보며 그 속에 들어있는 사람 人을 꺼내야 하는데 어찌해야 할지 모르겠다. 햇빛과 달빛을 쬐면 저들이 스스로 문을 열고 나올까? 바람이 불어 벽을 무너뜨리면 될까? 저 사방의 시멘트는 너무 단단하게 굳어 있어 험상궂은 형상을 하고 그 안에 갇혀 있는 사람 같다.

어떤 정교한 재질로 저 벽 문을 열어주면 어리둥절한 표정으로 감옥에서 밖으로 나와서 물소리, 꽃 피는 소리를 만지고 햇살 냄새와 바람 냄새를 맡을 수 있을까? 저렇게 갇힌 날이 많을수록 사람들은 더욱 단단하게 굳어갈 것이다. 문을 열고 나와야 힘찬 자유가 얼마나 좋은지를 알 수 있을 것이다. 어디선가 일급수에서 사는 산천어 우는 소리가 들린다. 환청일까? 환청이라도 저런 일급수의 생각을 가진 사람이 몹시도 그립다.

우여곡절(迂餘曲折), 파란만장(波瀾萬丈), 풍파만절(折風波萬), 산전수전(山戰水戰), 백전노장(百戰老將), 다사다난 (多事多難) 그 어떤 사자성어를 가져다 붙여도 모자랄 일을 이기고 1967년 10월 3일 종합 제철 공업단지 기공식이 개최되었다. 이날 오후 2시 영일군 대송면 송내리(현 포항시 남구)에서는 '영포지구 종합 제철 공업단지 기공식'이 성대하게 개최되었다. 황량한 모래벌판을 세계 굴지의 제철공업 단지로 탈바꿈시킬 첫 막이 오른 것이다.

기공식을 개천절로 잡은 것은 단군 이래 단일 규모의 최대 역사(役事)인 종합제철소 건설로 한국을 선진국으로 만들기 위한 터전이기 때문이었다. 사람들이 개미 떼처럼 몰려들었다. 두루마기를 입은 촌로가 손자 손을 잡고 오고 도시에서 학생과 직장인 농부 할 것 없이 몰려들어 인산인해를 이루었다. 포항 거리마다 청사초 롱과 만국기가 바람을 타고 흔들흔들 온몸으로 축하를 했고 200 여 대의 버스들과 택시 트럭 등이 이들을 실어 나르느라 비포장길 을 달리자 도로도 먼지를 펄펄 날려 축포를 쏘며 축하해 주었다.

그뿐이 아니었다. 차가 없는 사람은 걸어서 오기도 했다. 포항 거리에는 영포지구 종합 제철공업 단지 기공을 축하하는 대형 아 치가 자랑스럽게 잔치 분위기에 흥에 흥을 돋웠고 미국 영국 서독 이탈리아 프랑스 등 대한 국제 제철 차관단(KISA) 국가가 축하 현 수막을 펄럭이면서 잔치 잔치를 열고 있었다. 또 땀과 잠을 잘 섞 어서 포철을 성공시킬 포항 영일만 모래벌판에 제철소 건설 현장 지휘통제소를 100만 원을 들여 짓고 룸멜 하우스라고 불렀었다.

룸멜 하우스라고 지은 이유는 모래바람이 입가리개와 보안경을 쓰지 않으면 활동을 할 수도 없을 정도로 심해 모래바람을 맞으며 황무지에 들어선 중장비와 현장사무소 모습이 마치 제2차 세계대 전 때 독일 룸멜 전차군단과 같기 때문이다. 룸멜 하우스는 60평 짜리 2층 목조건물이었다. 낮에는 건설 지휘 사령탑으로 쓰이고 밤에는 숙소로 쓰이는 곳이었다. 지위 고하를 막론하고 직원들은 땀과 눈물을 식혀줄 숙소에서 모포 몇 장으로 책상을 침대로 삼 아 자면서 일을 해야 했다.

나는 룸멜 하우스를 방문하고 밤에 이불을 덮고 방 안에서 자는 내가 죄스러워 밤잠을 설치곤 했다. 여름이나 겨울이면 도저히 잠이 안 왔다. 그리고 황량한 벌판에 대대로 터전을 일구고 살아온 주민들이 떠난 자리를 보면서 탄식이 절로 우러나왔다. 남의 집 다 헐어놓고 어떻게 그들에게 해 줘야 할지 몰라 그들의 희생을 위해서라도 꼭 성공해야 한다고 당부하고 왔지만, 가슴 한쪽에서는 또 찬바람이 일렁이고 있었다. 국내외 어느 사람도 종합제철공장 건설이 가능하다고 말하는 사람은 없었다. 국내외 언론조차 제철소 건설을 회의적으로 보도했다.

그래서 나는 박태준에게 말했다. '나는 임자를 잘 알아. 아무나 할 수 없는 일도 임자는 어떤 고통을 당해도 국가와 민족을 위해 자기 한 몸 희생할 수 있는 인물인 것을 나는 알아요. 임자만이 이 일을 할 수 있으니 아무 소리 말고 맡아서 해요. 임자는 반드시 해낼 거란 걸 나는 믿소.' 박태준 회장은 아무 말도 하지 않았었다.

그렇게 역사를 바꿔놓고 박정희 대통령이 유명을 달리 한 후 박태준 회장은 국립묘지에 박정희 대통령을 찾아가서 말했다. 각하의 명을 받아 25년 만에 제철 입국의 업무를 성공적으로 완수했음을 각하의 영정 앞에 보고합니다. 그렇게 대통령 각하께서는 무슨 일을 하시든 모두 반대를 하는 야당은 물론이고 국민과 정치 관료들 사이에서 늘 차갑고 외로운 시간을 견디며 나라를 위해 애

썼던 대통령 각하는 세계 어디에서도 다시 볼 수 없는 위대한 지도자셨습니다. 오직 나라의 국민을 위해 고단하고 힘들고 괴롭고 아픈 시간을 씹어 드시고 살아오신 황무지에 부는 황량한 바람 같은 고독한 날들 이제 내려놓으시고 편안하게 쉬소서! 라고 흐느끼며 울어서 주위 사람들이 모두 따라 울었다.

박정희 대통령 각하의 피와 땀과 목숨의 대가로 오늘날의 대한민국은 경제 대국이 되었습니다. 후손들이 각하의 목숨을 바쳐 희생한 그 은공 높이 숭상하고 받들며 각하의 소원대로 이제 이 나라가 잘살게 되었습니다. 모두 각하의 살과 피와 뼈와 땀을 갈아서 만든 이 나라입니다.

박태준 회장이 국립묘지 박정희 대통령 묘소 앞에 내려놓은 마지막 말이었다.

1970년 농촌을 살리는 아흔아홉 개의 빛

1970년 초 농촌 마을을 지나가다가 이대로 두어서는 안 되겠다는 생각이 소름이 돋도록 들었다. 돌아오는 즉시 이 가난한 농촌 마을을 어찌하여야 할지 아내에게 물었다. '임자, 내가 오늘 전라도 농촌 지역을 다녀왔는데 이대로 두어서는 안 되겠다는 생각이 들었소. 도무지 국민 삶이 너무 허름해서 못 견디겠소.' 했다. 아내는 ‘그러셨어요? 그렇다면 국민이 잘살도록 전국지방장관 회의를 개최하셔서 농민, 관계기관, 지도자 간의 협조를 전제로 한 농촌 자조 노력의 진작 방안을 연구해 보시는 게 어때요?’ 나는 무릎을 탁, 쳤다. ‘그거 좋은 생각이오.’ 아내가 찔레 향기 나는 웃음을 내려놓고 나가고 나는 밤새도록 어떻게 하면 좋을지 자료를 만들어 이튿날 관료들을 모아 특별지시를 내렸다.

역시 불가능 이야기가 나왔지만, 이제는 관료들도 반대해봐야 소용없다는 걸 알았는지, 모두 해보겠다고 했다. 이렇게 새마을운동을 기획하여 민족중흥의 역사적 사명을 띠고 이 땅에 태어난 사람들이 잘살도록 기반을 만들었다. 농촌을 대상으로 한 새마을운동을 왜 국가원수가 직접 발의하는가에 대해서 또 야당들은 입에 붉은 물이 들도록 말이 많았다.

나는 야당 의원들에게 말했다. ‘지금 농촌이 저렇게 어려우면 공업화 우선 정책이 아무 소용이 없게 되오. 농촌의 후진성이 이렇게 크면 공업화 선진국이 되더라도 어렵소. 북한에 ‘천리마 운동’이 있다면 우리나라에는 ‘새마을운동’이 있어야 반드시 북한이 다시는 우리나라를 얕잡아보지 않고 남침하려는 야욕을 버릴 수 있을 것이오. 새마을운동이 시작되어도 야당과 지식인들은 냉소를 퍼부었다.

그러나 나는 물러서지 않았다. 새마을운동은 주로 내무부의 계통적 관료에 의해 효율적으로 움직여 농촌 사람들의 자각을 일께워야만 했다. 이와 같은 행정적인 개발계획과 동시에 새마을운동이 진척을 보임에 따라 지역주민과의 상호협동을 통해 본연의 것으로 발전되어가리라 생각한다. 새마을운동의 배태(胚胎)는 무엇보다도 나의 정치적 의지의 실천과, 이를 효율적으로 가능하게 하여야만 한다. 지금의 중앙집권적 정치 풍토를 깨부숴야만 한다. 그리고 내무부 공무원을 총동원해 반드시 새마을운동을 실현하게 해야만 한다고 생각되었다.

새마을운동은 전국적인 규모로 개별적인 자연촌락을 대상으로 스스로 일어날 힘을 부여해야 한다. 그런 사업지침에 따라 밀고 나가서 일사불란하게 전개하여 목표를 비교적 단기간 내에 성취할 수 있다. 내가 관료들에게 말하자 관료들은 투덜거렸다. 그러나 머지않아 이와 같은 사실은 민주국가에서는 보기 드문 일로 놀라움과 부러움으로 국제적 관심거리가 될 것이다.

예를 든다면, 주로 내무부 산하의 지방공무원 개개인에게 지역적인 사업추진을 분배하여야 한다. 이들은 새마을운동의 성취를 서약하는 상징으로 백지 사표를 읍면장 또는 군수에게 제출하고 맡은 바 임지로 떠나게 해야 한다. 직업공무원으로서의 신분이 제대로 보장되어 있지 못했던 당시, 일선 공무원은 분배를 지정받은 마을에서 지시받은 사업의 전개에 온갖 노력을 다하도록 해야만 한다. 마을주민에게 동기를 유발하게 하여 소정의 사업을 실천하도록 하는 변화촉진자의 역할을 해야만 한다.

그리고 기술, 즉 사업 전개기술을 가지지 못한 일선 공무원들은 실지로 행동해 봄으로써 배우는 것이다. 물론 시행착오도 겪으면서 배울 것이다. 그러나 그렇게 시행착오를 겪으면 놀라울 정도로 발전해 나갈 것이다. 그리고 마을지도자를 활용하여 집단동학(集團動學)의 실제를 이해하여 사업을 효율적으로 전개할 수 있을 것이다. 이는 공무원으로서의 자리를 지키느냐 아니면 잃느냐의 사활을 건 노력의 성과가 될 것이다.

또 다른 방법으로는 정부 당국에서 관련 분야 대학교수들을 중심으로 한 전문집단을 활용하여 새마을운동의 기획 전개를 이론적으로 뒷받침하여야 한다. 따라서 일반 개발사업의 기획 전개와는 달리, 권위주의적 또는 행정적으로 목표지향적인 기획과 실천을 우선 명령을 하달식으로 발의한 뒤에, 이론적, 실제적으로 뒷받침하고 공무원들을 훈련하는 접근 방법을 취하여 차질없이 진행하여야만 새마을운동은 성공할 것이다.

농촌개발을 사업목표로 하고 출발한 새마을운동은 기본사업목표가 농촌 지역에서 어느 정도 성취되었다고 평가된 뒤 도시지역, 즉 전국 사회 개발 운동을 기본목표로 삼아 확대되도록 순서를 정해야 한다. 애당초 새마을운동으로 출발한 것은 농촌새마을 운동과 도시 새마을운동으로 크게 범주화되도록 해야 한다. 즉, 총체적인 국민 참여적 국가발전 운동으로 기본적인 사업목표대상을 확대하고 중점은 농촌새마을 운동으로 해나가야 한다.

새마을운동의 기본사업목표 대상 확대는 필연적으로 주요사업

의 내용을 내적 및 외적으로 확대해 나가야만 한다. 초기 새마을
운동의 사업내용은 새마을운동사업의 고전적인 상징으로 생각되
었지만, 이 또한 행동하면서 고쳐나가면 될 것이다.

1970년 10월 1일

오늘부터 1971년 6월까지의 겨울철 농한기를 이용하여 전국의 3
만 3,267개 이동(里洞)에 시멘트를 335부대씩 무상으로 지급하기
로 한다. 이동개발위원회(里洞開發委員會)를 중심으로 각기의 마을
의 환경개선사업을 주민 협동으로 추진하도록 하여야 한다. 볏짚
대신 지붕은 슬레이트 또는 함석으로 대체 개량하는 사업을 하고
담장 바로잡기 사업, 마을 안길 정비 사업 등이 주된 사업내용으로
선포하여야 한다. 그래서 농촌 지역에 휘파람 소리가 날아다니도
록 해야 한다. 가난을 휘슬리 휘슬리 휘파람을 불어 밀어내고 겨
울 추위를 밀어내고 햇볕에 서서 즐겁게 놀다가 담 밑에서 어른은
잠이 들고 아기들이 옹알옹알 앉아 놀면 새들이 내려앉아 차돌처
럼 뽀얀 앞니를 드러내며 함께 짹짹거리는 평화가 출렁이는 행복
을 먹물로 그려야겠다. 그 그림 속 행복이 빠져나가지 않도록 액자
에 가둬두어야겠다.

희대미문(稀代未聞)의 영웅

36

1971년 2월 5일

그러면 가난은 협곡으로 모두 도망가고 그 자리에 개들과 고양이와 벌나비도 모두 모여들어 춤을 추며 놀 것이다. 휘파람으로 가난을 씻어내면 부자라는 글씨가 박 속에서 황금으로 우수수 쏟아져 국민의 몸을 통과할 때까지 나는 가난을 쓸고 또 쓸어낼 것이다. 그렇게 가난을 쓸어냄과 동시에 또 다른 중요한 일을 해야겠다는 생각을 했다. 그것은 교육이다. 무엇보다도 교육에 더 많은 특별한 관심을 가져야 한다.

우리나라가 이렇게 못 사는 이유가 그리고 북한에 남침을 당한 첫 번째 이유가 문맹률이 높은 것이었다. 무지에는 약도 없기 때문이다. 어느 날 지방에 갔는데 가난한 아이들이 학교 대신 논밭에서 일하는 것을 보고 큰 충격을 받았다. 나는 그때 생각했다. 교육이 없는 나라의 미래는 없다고 생각하며 가난에 묶여 학교에 못 가는 우리나라의 미래를 보면서 눈물을 흘렸다.

그리고 서울로 와서 바로 모든 어린이가 학교에 다닐 수 있게 교과서를 무료로 주어 의무 교육을 받을 수 있도록 지시를 내렸다. 그러나 재무부에서 또 반대의 깃발을 들고 나왔다. 무료 예산 지원이 없다는 것이 그 이유였다. 나는 또 고독의 벽에 부딪혀야 했다. 투명하게 슬펐다. 깜깜하게 슬프다, 노랗게 슬프다, 빨갛게 슬퍼서 현기증이 났다. 그렇다고 슬픔에 빠져 허우적거리고만 있으면 나라는 어찌하겠는가!

나는 벽을 허물기 위해 재무부 장관에게 다시 말했다. '무료 지원 예산이 없으면 내 월급을 깎고 그래도 모자라면 월급을 없애고 그것도 모자라면 내 먹는 것을 줄여서라도 실행할 테니 그리 아시오!' 하고 소리를 질렀다. 재무부 장관은 고개만 숙이고 아무 말도 하지 않았다. '그렇게 해서 전국 초등학교에서 무상 교육이 시작되도록 하시오. 그리하여 아이가 넷이나 다섯을 모두 무상으로 학교에 보낼 수 있도록 반드시 해내시오. 그리고 나라의 희망인 어린이들이 교육을 못 받는 일이 없도록 하시오!'

그래, 우물이란 가장 목마른 한 사람이 파서 목마른 사람들이 함께 마시는 것이다. 화려함의 등 뒤나 뒤통수에 숨어 사는 것이 외로움이란 동물의 속성이니 어쩌랴! 외로움이란 동물을 잘 키우며 동행을 해야 하는 것이 내 팔자인가 보다. 밤이 되니 외로움이 또 기지개를 켠다. 나는 직접 국민학교에 다니면서 아이들 머리를 쓰다듬으며 열심히 공부하라고 격려를 하고 사탕을 나눠주며 손을 잡아주었다.

무엇이든 미래를 보아야지 현실만 보면 아무것도 보이지 않는다는 걸 이야기해 주지만 얼마나 마음의 문을 열고 생각하고 실천할지는 모르겠다. 의무 교육이란 일정한 학령기의 취학을 제도적으로 의무화한 교육으로 근대국가 성립 이후 교육의 기회균등 사상에 따라 시행해야 한다고 생각했다. 때마침 고마운 단어 하나가 떠올랐다. 배우기 쉽고 쓰기 쉬운 '한글'이란 단어였다.

세종대왕께서 얼마나 많은 사대부의 핍박과 싸우면서 어리석은 백성들을 위해 한글이란 글을 만들어 놓으셨는지, 가슴이 뭉클하여 꿇어앉아서 세종대왕께 기도를 드렸다. 국가는 모든 국민이 사회적 신분이나 경제적 지위의 차별 없이 그 능력에 따라 일정한 교육을 받을 권리를 인정하고 그 권리를 보호하기 위해 학교를 설립하여 교육의 기회를 평등하게 부여해야 한다.

그래야만 그 나라의 의식이 깨어나서 의무 교육의 본질로 공공의 책임으로 교육권(敎育權)을 보장할 수 있다. 그렇게 교육권이 보장되어야 눈으로 듣고 귀로 읽고 입으로 행동하여 이를 통하여 국력을 신장하고 사회의 발전을 도모할 수 있다. 의무교육제도는 취학의 의무, 학교설치의 의무, 교육 보장의 의무 등 세 가지로 구성되어 철저하게 지켜나가야만 한다.

부모들이 배우지 못한 세대이기에 못 배운 보호자에게는 아동 취학의 의무를 부여해야만 교육의 중요성을 모르고 산 그들이 자식들을 학교에 보낼 것이다. 그리고 지방공공단체에는 학교설치의 의무를 다하도록 해야 한다. 교육 보장의 의무를 부여하여 교육을 받아야 한다는 생각이 덜 자란 어린이들을 부모와 사회와 국가가 함께 책임 의식을 가져야 한다. 그렇게 하여 국민은 누구나 일정한 동안 의무 교육을 받도록 해야 한다.

의무 교육은 학령아동의 완전 취학을 근본으로 하기 때문에 교육을 받는 학생에게 일체의 경제적 부담을 주지 않고 무료로 실시하는 무상 교육인 것이다. 어린이들은 경제 능력이 없고 부모들은 경제 능력이 있어도 강제성이 없으면 자신들이 살아온 것처럼 습관에 젖어 교육의 중요성을 알지 못하기 때문이다. 그렇게 되면 이 나라는 미래를 장담할 수 없다. 특히 남아선호 사상이 강한 이 나라에서 여자 어린이들도 동등하게 교육을 받을 수 있는 기틀을 국가에서 강제로 마련하지 않으면 안 된다. 여자가 똑똑해야 그 나라가 지혜롭고 부강해질 수 있기 때문이다.

그러나 국가의 정치·경제·사회·문화에 따라 무상화 정도가 달라질 수밖에 없기에 최소한 입학금과 수업료의 면제는 공통으로 적용해 주어야 한다. 우리나라 초등교육의 의무화는 미 군정하에서 구상되었었다. 1948년 헌법 제31조에 '모든 국민은 균등하게 교육을 받을 권리가 있음'을 명시하고, '적어도 초등교육은 의무이며 무상으로 한다.'라고 규정하였다.

1949년에는 교육법 제8조 '모든 국민은 6년의 초등교육을 받을 권리가 있다. 국가와 지방 공공단체는 초등교육을 위하여 필요한 학교를 설치 경영하여야 하며, 학령아동의 친권자 또는 후견인은 보호하는 아동에게 초등교육을 받게 할 의무가 있다.'라고 규정하였다. 1959년 의무 교육 완성 6개년 계획이 끝날 무렵에 우리나라 초등학교 취학률은 애초 계획을 초과하였다.

그러나 쉽지만은 않았다. 재원 확보가 되지 않아 학교 시설과 교실 증축은 계획을 달성하지 못했다. 그리고 교원 확보에도 미비한 점이 많았으며 학급당 80명이 넘어 하루에 3부제 수업을 하는 학교도 있었다. 천막 교실에서 수업하기도 하고, 교실을 반으로 나누어 광목천으로 가리고 두 학급이 쪼개서 쓰기도 하면서도 교육열은 식지 않고 진행되었다.

책걸상 놓을 공간이 없어 바닥에 엎드려 공부하고, 교실이 협소하여 맨 앞줄 학생은 칠판과 맞붙어 앉아 수업을 받기도 했다. 그 부분을 우리 정부에서 해결해야 한다. 학교시설 및 교원 확충을 위해 결단해야 했다. 나은 환경에서 제대로 교육시키기 위하여 1962년부터 '제1차 의무 교육 시설 확충 5개년 계획'을 내세웠었다. 확실하게 효과가 나타났다.

거기에 힘을 입어서 1967년부터 '제2차 의무 교육 시설 확충 5개

년 계획'을 실시하였다. 누에를 기를 때 한 잠 두 잠 세 잠 자고 일어날 때마다 부쩍부쩍 몸의 부피가 늘어나듯 조금씩 나아지고 변화하는 모습이 눈에 보여서 힘과 용기가 생겨났고 1971년 올해 드디어 초등교육 의무 교육 정책이 완성 단계에 이르렀다. 정책 덕분에 글을 모르는 사람이 하나도 없었으면 좋겠다. 글을 몰라서 불편하거나 불이익을 당하는 국민이 없기를 바랐다.

그리고 나아가 나라에 훌륭한 인재들이 많이 나와 국가 발전에 이바지하여 우리나라의 미래를 초롱초롱 밝혔으면 좋겠다. 그리 머지않아 가까운 장래에 우리나라가 세계에서 교육률이 제일 높아져 교육 최강국의 나라로 발돋움하는 나라가 되기를 간절히 기원한다. 내가 재무부 장관에게 '이 배우기 쉽고 쓰기 쉽고 다양하게 풍부한 한글을 두고도 문맹률 70%가 말이 된다고 생각하냐?'고 소리를 질렀던 결과가 정말 옳았다는 소리가 되길 바란다.

그렇게 기본 교육과 함께 새마을운동이 잘 어우러지면서 눈에 띄게 농촌의 삶이 좋아짐을 느꼈다. 입안에 별이 뜨는지 달이 뜨는지 모처럼 입맛이 좋아서 아내가 끓여준 칼국수 한 그릇을 양념도 안 한 맨 간장 한 숟가락을 넣어서 후루룩후루룩 먹었다. 아내는 '천천히 드세요. 그렇게 급히 드시다가 체하시면 어쩌시려고.' 하고 잔소리 한 숟가락을 보탠다. 나는 말했다. '임자 잔소리 한 숟가락 섞으니 더 짭조름하고 맛있구려' 하고는 한 그릇을 다 비웠다.

모처럼 맛있게 먹었다는 생각을 한다. 입안에는 늘 바늘이 돌아다녀 밥맛을 잘 모르고 살 때가 더 많았는데 오늘은 바늘이 이불 속으로 들어갔는지 부재중이다.

1971년 4월 7일

오늘 서울 변두리와 시장통 뒷골목을 시찰하러 갔다. 무엇이 국민에게 시급한 일인지 발로 뛰어야지 관료들이 탁상공론을 하는 게 못마땅해서 직접 나섰다. 내 눈으로 무엇이 가장 시급한지 보아야겠다는 생각이 들었다. 시장 열 골목에 양철 대문을 밀고 들어섰다. 허름한 문간방 입구에는 낮고 좁은 마루가 있고 그 마루 밑으로 연탄 아궁이가 있어 위험천만한 곳에 국민이 살고 있었다.

농촌의 삶이 좋아진다고 해도 연료가 문제라는 것이 한눈에 보였다. 저 연탄가스가 방으로 들어가는 날이면 방 안에 자던 사람은 죽는 줄도 모르고 죽을 것이다. 이렇게 위험한 백척간두(百尺竿頭)에서 살아가고 있는 국민을 생각하니 이 봄날에 칼바람이 내장을 훑고 지나가는 느낌이 들었다. 지난 시절 이승만 대통령께서 해방 후 열악한 경제 상황 속에서도 '원자력은 미래 과학기술 국가의 핵심'이라고 하던 말이 떠올랐다.

그때 나도 그 말이 맞는다는 생각을 했었다. 그런데 오늘처럼 절절하게 다가오지는 않았다. 그게 지도자와 지도자가 아닌 사람이 느끼는 체감 온도라는 생각이 든다. 이승만 대통령은 원자력에 대한 확고한 철학을 가지고 있었다. 이승만 대통령은 이를 통해 자립적 과학기술 국가 건설을 추구해야 한다며 강력하게 추진했었다. 냉전이 본격화되던 시기, 이승만 대통령은 원자력은 단순한 에너지 자원이 아닌 외교·안보·기술 자립의 핵심 도구라고 내게 설명했었다.

이승만 대통령은 냉전이 본격화되는 시기에 우리 자립의 핵심인 원자력에 대한 확신이 없으면 나라의 발전도 기대할 수 없다면서 반드시 추진해야 할 것이라고 했었다. 그리고 구체적인 계획을 세웠으며 제도적으로 성과를 이루기 위해 고생한 결과 결국 이뤄냈다. 1956년 대통령 직속 원자력위원회를 설치했다. 그러나 관료들이 원자력에 대한 이해가 없어 혼자 외로움을 토로하신 적이 있다.

나는 그저 힘내시고 추진하시라는 말 외엔 아무 도움도 되지 못했다. 그렇지만 이승만 대통령은 끝까지 홀로 싸우시며 반대를 밀어내고 1958년 원자력법 제정 그리고 1959년 국립 원자력연구소를 드디어 설립하기에 이르렀다. 그때 원자력연구소를 설립하고 '한국 원자력 정책의 출발점이 될 것'이라며 기뻐하던 모습이 지금도 물비늘처럼 튀어 오른다.

1956년 미국의 '평화를 위한 원자력' 프로그램을 활용한 한미 원자력 협정체결은 그 당시로는 대단한 일이었고 획기적인 일이었다. 미국의 기술과 장비, 핵연료에 대한 지원을 얻어 한국 원자력 연구의 실질적 기반을 마련했으니 그야말로 100년 앞을 내다본 일이라는 생각이 들었다.

이승만 대통령의 정책이 성립될 수 있었던 것은 이승만 대통령의 영어 실력과 미국 사회의 인맥을 두루 갖추었기 때문이었다. 이걸 우리 대한민국의 국운이라고 해야 하나? 나는 국부께서는 모든 걸 다 갖추고 대한민국을 위해 잠시 파견 나온 신(神)과 같은 존재라는 생각이 들었다. 제도와 외교, 연구 기반을 설계한 원자력 선언기를 기어이 이끌었던 이유 역시 기적 같은 생각이고 기적 같은 업적이라는 생각이 들었다.

북한의 남침 전쟁으로 도탄에 빠졌던 1950년대의 한국전쟁은 하늘을 원망할 수도 없을 만큼 분노를 끓어오르게 했다. 춥고 배곯고 세상에 대한 분노가 가득한 1950년대 한국은 암담하기만 했다. 이승만 대통령은 그렇다고 손을 놓고 있을 수만 없다며 홀로 홀로 죽음의 구덩이를 파내고 삶의 구덩이를 파기 위해 동분서주했다. 이승만 대통령은 제2차 세계대전에서 마지막까지 버틴 추축국(樞軸國) 일본이 원자폭탄 두 발에 항복하는 모습을 보았다.

추축국 즉, 제2차 세계대전 때 독일·이탈리아·일본 등 세 동맹국 중 일본이 동북아를 지배해온 중국을 반(牛)식민 상태로 몰아넣고, 차르가 이끌던 러시아제국도 굴복시켰지만 한 방의 핵폭탄에 두 손 들고 백기 투항하였다. 이승만 대통령은 핵의 위력을 실감하며 광복을 맞았다. 그리고 얼마 지나지 않아 6·25전쟁으로 춥고 배곯고 세상에 대한 분노가 가득한 시대를 살아내야만 했다.

이승만 대통령은 원자력 개발에 착수해야 한다고 말씀하셨다. 나는 대통령께서 훌륭한 결정을 하셨고 반드시 가능한 일이라고 했다. 고급 영어를 구사하고, 유엔군 사령관인 매슈 리지웨이 대장과 후임자인 마크 클라크 대장을 아들 친구처럼 다룰 수 있는 카리스마를 가진 이승만 대통령은 외교의 귀재였다.

미국 에디슨사의 회장을 지낸 워커 리 시슬러 박사는 일명 '에너지 상자'를 들고 우방국을 돌아다니며 원자력을 홍보한 인물로 유명한데 시슬러 박사의 말을 들으며 대한민국을 위해 원자력 에너지를 만들어야겠다고 결심하셨다고 했다. 1956년 이승만 대통령을 만난 시슬러 박사는 '이 안에 있는 3.5파운드짜리 우라늄을 태우면 같은 양의 석탄을 태웠을 때보다 2백50만 배 많은 에너지를 얻을 수 있다.

원자력은 사람의 머리에서 캐내는 에너지다. 한국 같은 자원 빈국은 사람의 머리에서 캐내는 에너지를 개발해야 한다. 이를 위해 인재부터 양성해야 한다'라며 엄청난 힘을 내세우며 대한민국에 인재를 양성하라고 강조했었다. 시슬러 박사의 원자력 홍보는 1953년 드와이트 아이젠하워 미국 대통령이 유엔총회에서 '평화를 위한 원자력'이란 제목의 연설을 통해 우방국에게 원자력발전 기술을 제공하겠다고 제안한 것이 계기가 됐다.

아이젠하워 대통령의 '원자력 연설'에는 동서냉전이 배경이 되었는데 이때 이승만 대통령은 가슴이 성난 황소처럼 뛰었다고 했다. 제2차 세계대전 직후인 1949년 소련은 세계에서 두 번째로 핵실험에 성공해 공산권 국가를 하나로 묶었다. 여기저기 나라들이 핵에 관심이 있던 때라 핵은 힘과 기선 제압의 무기가 될 수밖에 없었다. 1954년부터 아이젠하워 대통령의 선언을 구체화하기 위해 국제기구 창설이 시작되었다.

1957년 국제원자력기구(IAEA)가 결성됐다. 이러한 분위기에서 시슬러 박사는 이승만 대통령을 만났다. 이승만 대통령은 이때 '한국은 미국으로부터 원자력발전 기술을 제공받는다'라는 한미 원자력협정을 맺었다. 그리고 1백 27명의 엘리트를 선발해 보내면 미국 아르곤 원자력연구소로 유학을 받아 준다는 결의서를 써 줄 것을 요구했고 그렇게 우리나라 인재들을 원자력연구소로 유학을 보냈다.

이렇게 준비를 어느 정도 마친 이승만 대통령은 1958년부터는 연구용 원자로 도입 계획을 급하게 추진했으며 일사천리로 일을 진행했다. 이승만 대통령은 한시가 바쁘다고 판단했다. 북한이 세를 키우기 전에 남한에서 미리 세를 키워야만 한다는 생각에 서둘러 1959년 1월 21일 장관급 부처에서 원자력 원을 만드는 데 최선을 다하라고 지시했다. 이어 3월 1일 원자력연구소를 세우며 번갯불에 콩 구워 먹듯 일을 추진했다. 같은 해 7월 14일 연구소 안에 '트리가 마크 II'를 설치하기 위한 공사에 들어갔다. 미국에서 들어

올 연구용 원자로를 설치했다.

그렇게 힘들게 속전속결로 기틀을 다져놓은 이승만 대통령의 뜻을 받들어야 한다는 생각에 나도 마음이 급해졌다. 나는 1962년에 1백 킬로와트급 '트리가마크 II' 원자력연구소 준공식을 열었다. 드디어 한국도 원자로를 가진 나라가 되었다는 기쁨을 느끼는 사이 다람쥐가 숨어들어 또 밤잠을 가져가 까먹고 말았다. 이승만 대통령의 앞을 내다보는 안목에 무릎을 꿇고 감사의 기도를 올렸다. 그리고 감사의 표현으로 상업용 원자로 도입을 추진했다.

'트리가마크 II' 준공 이듬해 15만 킬로와트급 상업용 원자로를 짓고 1971년 3월 19일 경남 고리에서 59만 킬로와트의 발전능력을 가진 상업용 원자로 착공식을 가지면서 나는 희망에 부풀어 둥둥 떠다니는 기분이었다. 이때 아내가 또 중재를 하고 나섰다. '너무 빵빵하게 풍선을 불면 터지는 수가 있어요. 적당하게 빵빵해야지요.' 나는 말했다. '나 어릴 때는 돼지 창자에 바람을 가득 넣어 공놀이도 했소. 창자가 얼마나 튼튼한데 그러시오!'

아내는 어이가 없다는 듯 '사람 창자는 돼지 창자하고 달라요. 그렇게 좋아서 웃으시다가 허파 줄까지 끊어지시면 어쩌시려고요' 하고 눈을 흘겼다. 눈을 흘기는 모습이 서시가 찡그린 눈보다 천 배 만 배 아름답다는 생각을 하다가 내 손으로 이마를 쿵! 한 대 쥐어박았다. 그리고 '정신 차렷!' 하고 군령을 내렸다. 이어서 고리 1호기를 준공시켜 한국도 원자력발전 국가를 만들 생각을 하니 너무 기뻐서 저절로 자꾸 헛웃음이 나왔다.

원자력만 잘 이용해도 세계 경제를 뛰어넘을 날이 머지않아 올 것을 나는 알기 때문이다. 고리 1호기 완공을 계기로 한국은 거침없는 원전 건설에 들어갔다. 일반적인 원자로인 경수로와 달리 농축을 하지 않은 천연 우라늄을 핵연료로 사용한 중수로를 캐나다에서 도입해왔다. 중수로에서 타고 남은 폐핵연료에는 우라늄에서 변환된 플루토늄이 다량 함유돼 있기 때문에 플루토늄은 다시 핵연료가 되거나 핵무기를 만드는 데 사용할 수 있다.

우리도 핵을 가질 수 있다는 희망을 어렴풋이 품어도 되었다. 그렇지만 아직은 시기상조다. 우라늄을 농축해 핵무기를 만드는 것보다 사용 후 핵연료를 재처리해 얻은 플루토늄으로 만드는 것이 훨씬 더 쉽고 효율이 높다는 이유로 미국과 소련도 사용 후 핵연료를 재처리해 얻은 플루토늄으로 핵무기를 만들었다는 데 관심을 집중했다.

그리고 중수로는 핵무기 제조용으로 전용될 수 있는 중수로 도입을 추진했다. 그런데 중수로 도입이 성사되기 직전 한발 앞서 캐나다에서 중수로를 도입한 인도가 이 원자로에서 나온 사용 후 핵연료를 재처리해 얻은 플루토늄으로 핵무기 실험을 하는 바람에 문제가 생겼다. 내 예산이 빗나가는 것 같은 장맛비에 개울물이 불어나 흙탕물이 내려가는 듯한 물소리가 들렸다. 미국은 인도에 이어 중수로 도입을 추진하던 한국과 대만까지 '핵무기 제조용의 국가'로 의심하기 시작해서 큰 위기의 바람이 불어왔다.

나는 어떻게 슬기롭게 극복해야 할지 고심에 들어갔다. 우리나라는 그때까지 핵확산금지조약(NPT)에 가입하지 않고 있었다. 자기네들은 당당하게 핵을 보유하고 한발 나아가 이웃 나라에 사용까지 하면서 왜 다른 나라는 못 가지게 하는지. 저것이 강대국의 횡포라는 걸 생각하니 더더욱 우리나라도 빨리 강대국이 되어야겠다는 생각이 든다.

하지만 지금은 이 위기를 넘겨야 핵무기를 가질 기회를 가질 수 있다. 그래, 지금은 잠시 움츠린다. 개구리가 멀리 뛰기 위해 움츠리는 것이지 아예 털썩 주저앉은 것은 아니다. 지금은 이제 더 버틸 여력이 없어서가 아니라 차선의 선택으로 핵확산금지조약에 가입해야 한다. 속으로 피 울음을 삼키더라도 겉으로는 웃음으로 대응해야 하는 것이 적을 이길 기회를 찾는 것이다.

우리나라는 핵무장을 하지 않겠다는 뜻을 밝혀야만 살아남는 길이라고 생각했다. 내 생각은 정조준했다. 나의 조치를 들은 미국은 우리나라의 중수로 도입을 막지 않았다. 그러나 대만은 한국과 같은 약속을 했는데도 끝내 중수로를 도입하지 못하도록 극단의 조처를 했다. 그러나 미국에서는 내가 실제로 핵무기 개발 의지를 포기하지 않은 것을 아는 눈치였다.

그래서 미국은 매의 눈초리를 거두지 않고 나의 행동을 헬리콥터 프로펠러처럼 돌리며 비행하듯 감시하고 있었다. 나는 한국원자력연구원이 국제사회에 평화 이용을 천명하고 그사이에 국가 산업의 근간인 에너지를 계속 발전시킬 근간을 만들기로 계획을 세웠다. 자본도 자원도 없이 오직 수출로 먹고사는 우리나라의 경우 특히 저렴하고 원활한 전력 공급은 필수적이다.

원자력은 20세기 중반 세계 각국이 주목한 과학기술의 결정체이자 전략 자산이 될 것이다. 우리나라도 이 에너지로 수출산업 강국으로 가는 길을 열 수 있기를 바랄 뿐이다. 나는 원자력 기술이 단순한 에너지 확보 차원을 넘어, 국가 산업화·과학기술 진흥·국방 자립이라는 전략적 목표에 상당한 시너지 효과를 발휘할 것이라는 생각을 한다. 그렇게 대단한 자원이기에 그 길을 가는 데는 굽이굽이 걸림돌과 장애물이 많았다.

핵연료 기술 자립 및 재처리 기술 확보에도 도전했다. 그러나 그렇게 쉬운 일이 아니라 무산되고 말았다. 1970년대 중반 프랑스·벨기에와의 재처리 협상 추진은 기술 자립 의지의 표현이었다. 그러나 미국의 핵 비확산 정책과의 충돌로 좌절되고 말아 원자력의 문턱은 너무나 높이 솟아 그곳에 닿기까지는 엄청난 어려움을 이겨내야 할 지경에 이르렀다.

미국은 자기네 나라의 입지가 좁아지는 걸 원하지 않았고 우리나라는 우리의 입지를 넓히기 위해 서로 용과 호랑이가 맞서 싸우는 용호상박(龍虎相搏), 각자 원자력의 세력을 차지하려고 다투는 군웅할거(群雄割據)를 동원하는 일이 발생했다. 미국은 자신의 나

라가 우월하다는 월등함을 내세워 마음대로 우리나라를 움직이려
는 심산이었다.

그러나 나는 미국과 우리나라는 우열을 가리기 어려운 팽팽한
대결인 백중지세(伯仲之勢) 내지는 서로 비슷한 힘을 가지고 대결하
는 호각지세(互角之勢)로 보았기에 미국과 한 판 붙어 명승부를 해
야 한다고 생각하고 싸움에서 밀려나지 않았다. 그것이 한미 간
외교 갈등을 유발했고 일단 한발 후퇴를 했다.

이후 한국은 원자력의 평화적 이용 원칙에보다 명확히 순응하는
척하기로 했다. 이승만 대통령께서 불가능을 가능으로 바꾸었고
나는 그것을 실현해야 한다는 책임감에 원자력 정책은 기술의 시
대적 한계를 넘어, 국가 비전과 의지를 담은 중장기 전략의 사례로
남아서 기회를 엿보아 미국을 이겨낼 때가 우리에게 오길 바랄 뿐
이다. 이 정신이 토대가 되어 한국이 세계 원전 수출국으로, 풍부
한 전력을 바탕으로 수출 산업국으로 도약할 수 있다면 우리나라
는 반드시 세계 경제 대국의 반열에 오르는 토대가 될 날이 반드
시 올 것이다.

기세등등하게 문을 열어젖히며 제어실에 들어가니 고리 1호기의
제어실에는 불꽃이 산을 빼 던질 만큼 매우 세고 세상을 덮을 정
도로 웅대하게 활활 타오르고 있었다. 불꽃 없이 타는 불, 연기 한
오라기 나지 않는 연소, 고요한 폭발 위협, 어디까지가 보이는 것
이고 어디까지가 보이지 않는 것인지 가늠하기 어려웠다. 영어로

된 설명서를 열심히 읽어내려가는 기술자가 비밀 암호를 풀고 있는 듯 느껴졌다. 경고등이 깜빡이지 않기를 비는 마음이다. 제발 아무 탈 없이 완성되기를 빈다. 한 번의 실수는 수십 년의 시간을 잡아 삼키는 무시무시한 동물이기 때문이다. 나라의 미래가 이 동물에 의존하고 있으니 이 원자력이란 동물은 잘 먹여 잘 키워야 한다.

1972년 1월 10일

새마을운동의 2년간의 성과는 엄청나게 좋아졌다. 이제 다음 단계로 넘어가도 될 듯하다. 이제부터는 주민지도자의 발굴·훈련 및 그 활용에 역점을 두면서 사업내용도 애당초의 환경개선사업, 즉 물리적인 생활 및 영농기반조성사업의 발전적 추진과 함께, 적극적 의식개발사업, 그리고 생산소득사업 등을 포괄하는 종합적인 것으로 확대해야 한다. 도시 새마을운동의 촉진을 위한 10대 구심사업은 소비 절약의 실천을 푸르게 싹 틔우고 준법질서의 정착을 꽃피우고 시민 의식 계발의 열매를 맺어야 한다.

농작물이 여물어 미래의 씨앗이 될 새마을운동의 일상화 바람이 향기를 내뿜으며 불어오고 시장 새마을운동의 전개가 구름처럼 몽실몽실 피어나고 도시녹화가 푸른 봄비처럼 파릇파릇 자라나고 뒷골목 정비, 도시 환경정비를 하는 싸리비가 묵은 것을 쓸어내고 진보라 향기가 쏟아져 길가에 흥건하게 깔리고 생활오물 분리수거로 분내 풀풀 풍기는 여인 같은 동네를 만들어야 한다. 그리고 도시 후진 지역의 개발로 낮이면 햇살이 메뚜기처럼 뛰어놀고, 밤이면 별과 달이 거닐며 시를 짓고 노래를 부르도록 무릉도원으로 확장시켜야 한다.

이는 반상회의 새마을 모체화를 통한 지역적인 사업 전개와 직장을 통한 사업 전개를 주안으로 확대되도록 해야 했다. 그렇게 새마을운동은 지역 새마을운동·부녀새마을 운동·직장 새마을운동·공장새마을 운동·새마을 청소년운동·새마을 체육운동·새마을금고운동·학교 새마을 운동·새마을 유아원운동 등으로 지상천국 대동유리알 세계 무릉도원 어떤 세상에서도 본 적 없는 나라를 만들 기본적인 틀을 만들었으니 실천이 되도록 흥바람을 불어넣어야 할 것이다. 그렇게 차곡차곡 진행해 나갈 것이다.

1972년 1월 31일

경기도 고양의 농협대학 부설 농가연수원에 각 지역에서 선발한 140명이 입교했다는 보고를 받았다. 첫 번째 시작된 새마을지도자 교육과정의 출발이었다. 2주간의 교육과정은 가나안농군학교

(교장 김용기)와 안양 농민교육원(원장 김일주)의 훈련 과정을 참고해 만들었다. 농협대학 김준 교수가 초대 원장을 맡았다. 우리나라에 기생해 사는 가난이란 짐승을 몰아내고 새로운 마을로 탈바꿈시킬 새마을지도자를 교육하는 일은 백 년 앞을 내다보며 발을 내딛는 일이다.

현실에서 벗어날 생각을 않는 안주(安住)라는 식물이 있는데 이 식물은 게으름이란 곤충을 먹고 산다. 안주(安住)라는 식물이 사는 마을에는 가난이란 짐승이 진딧물처럼 바글바글 몰려 산다.

희대미문(稀代未聞)의 영웅

37

1972년 3월 3일

가난이란 짐승은 아주 끈질겨 한 번 자리를 잡으면 색출하기가 여간 어렵지 않다. 가난이란 짐승은 계율을 어기거나 악업을 저질러 아귀도에 빠져 굶주리고 사는 짐승이다. 성질이 사납고 탐욕스러운 아귀(餓鬼) 같은 성격이며 아주 남루해 보인다. 가난이란 짐승은 안주(安住)가 많이 번식한 곳이면 어디든지 숨어들어 우후죽순처럼 돋아나는 안주(安住)를 먹으며 산다.

가난이란 짐승은 군집을 좋아한다. 허름하고 남루한 생김새에서 알 수 있듯이 볕이 잘 들지 않는 눅눅하고 그늘진 곳을 좋아하는 특성을 가지고 있다. 가난이란 짐승은 바위 밑에도 벽에도 흙 속에도 동굴 부엌 마구간 방안 심지어 사람의 가슴팍까지 어디든지 보이지 않게 카멜레온처럼 몸을 바꿔가며 파고드는 습성이 있다. 습관이라는 육질이 단단하게 굳은 안주(安住)라는 식물은 게으름이란 곤충을 먹고 산다.

가령, 베짱이 같은 곤충을 좋아한다. 반면 개미나 벌 같은 곤충은 천적이다. 게으름이란 곤충은 개미나 벌 같은 곤충을 보면 부리나케 도망간다. 이때 달리는 속도가 너무 빨라 간혹 돌부리에 걸려 넘어지기도 하고 무릎에 피가 나도록 엎어지고 자빠지며 도망간다. 그러니 안주(安住)라는 식물을 키우려면 베짱이를 사육해서 먹이로 사용하되 개미나 벌 같은 곤충이 얼씬 못하도록 우리를 튼튼하게 지어야 한다.

베짱이란 곤충을 제철에 잡아서 얼리거나 소금에 절이거나 발효를 시켜 잘 보관해야 한다. 개미나 벌이 침범하지 못하도록 독한 제초제를 뿌리거나 우리를 물샐틈없이 관리하는 것이 안주(安住)라는 식물을 잘 기르는 방법이다. 또한, 가난은 안주(安住)를 소금물에 재우거나 굽거나 삶은 것보다 날로 먹는 것을 좋아한다. 그러니 특별한 요리법 없이 탄탄하게 생긴 어금니와 날카롭게 생긴 송곳니로 어그적어그적 통째로 씹어 삼킨다.

가난이란 짐승을 몰아내려면 안주라는 식물을 모두 뽑아버려야만 한다. 안주(安住)라는 식물은 번식력이 강하고 고집이 세고 습관이 굳어 있어 좀처럼 씨를 말리기가 어렵다. 위험을 감수하고 극단의 조치를 해 안주를 몰아낼 방법을 가르치는 것이 새마을운동

교육이다. 나는 이 지독한 가난이란 짐승을 몰아내고 싶다. 가난을 몰아내는 목동이 되어 피리를 불고 싶다. 가난들이 내가 부는 피리 소리를 듣고 고향으로 돌아가고 싶도록 피리를 불고 싶다. 그렇게 가난이란 동물이 모두 떼를 지어 고향으로 돌아가고 나면 내 피리 소리를 듣고 부유(富裕)라는 동물이 떼로 몰려들 그런 피리를 부는 목동이 되고 싶다.

　부유(富裕)라는 동물이 우리나라에 자리를 잡고 무럭무럭 자라면 구름이 바람이 새들이 곤충들이 모두 내 피리 소리에 함께 춤을 추고 신나서 둥실둥실 두리둥실 엉덩이를 실룩이며 함께 노래할 피리 소리. 어디에서도 들어보지 못한 노래로 피리 소리를 듣고 부유(富裕)라는 동물을 국민이 집집마다 수천 마리씩 키우게 부유(富裕)라는 동물을 키울 우리를 짓도록 교육하고 싶다.

　그렇게 키우다 보면 부유(富裕)라는 동물은 새끼를 놓고 또 새끼를 낳아 가난이란 동물이 살던 자리에 부유(富裕)라는 동물이 바글바글 사는 나라로 만들고 싶다. 그렇게 가난이란 동물을 물리치고 부유(富裕)라는 동물을 키울 수 있는 의지를 북돋을 내용으로 진취적이고 진보적이고 힘차고 씩씩한 기백이 느껴지는 노래를 지어야겠다. 국민이 비록 가난이란 동물에 맥을 못 추고 있지만, 우리도 열심히 하면 가난이란 동물을 몰아내고 부유(富裕)라는 동물을 키울 수 있다는 정신을 북돋아 주는 노래를 만들어 전국 농촌에서도 도시에서도 대한민국 전체에 울려 퍼지도록 해야겠다.

나는 이런 생각만으로 신이 나서 아내에게 물었다. '임자 나는 피리 부는 목동이 되고 싶소. 그래서 말인데 양들이 모두 몰려드는 평화로운 시간처럼 국민이 내 피리 소리를 듣고 가난이란 동물 대신 부유(富裕)라는 동물을 키울 수 있는 노래를 짓고 싶은데 임자 생각은 어떻소?' 하고 물었다. 아내는 늘 흐트러짐이 없다. 향수 한 방울 뿌리지 않는데 향기가 났다.

어떤 때는 목련꽃 향기, 어떤 때는 치자꽃 향기, 어떤 때는 찔레꽃 향기, 어떤 때는 수수꽃다리 향기, 어떤 때는 백합꽃 향기, 어떤 때는 박하 향기, 어떤 때는 아까시나무 향기, 어떤 때는 국화꽃 향기, 어떤 때는 매화꽃 향기, 늘 꽃향유를 달고 다니는 사람처럼 향기가 팔랑팔랑 날아다녔다. 가끔 저 여인은 하늘에서 내게 잠시 보낸 우렁각시가 아닌가 하는 착각을 할 때가 많다.

아내는 내 생각을 댕강 전지(剪枝)하면서 말했다. '지금 새마을운동에 전념하고 계시니 새마을 노래를 지으시면 되겠네요. 대통령을 안 하셨으면 아마도 시인이나 작곡가나 예술인이 되셨을 것 같아요. 예술 쪽으로 탁월한 소질이 있으시기에 드리는 말씀입니다.' 아내는 그렇게 말하고 내외라도 하듯 조용히 돌아서서 사뿐사뿐 나갔다. 아내가 나가고 나는 주먹으로 공중을 탁탁 쳤다.

그래, 맞아 새마을 노래를 만들어야지. 마을마다 집집마다 우렁차게 신바람 나게 기분 좋은 하루를 국민에게 선사해야겠어. 힘들고 어려운 이때 국민의 아버지로서 힘이 되어주어야지. 가난이란

동물을 한 방에 몰아내고 그 자리에 부유(富裕)라는 동물을 키우
게 해 줘야지.

1972년 3월 10일

　1주일을 끙끙 잠을 버리고 가사를 쓰고 작곡을 했다. 쓰고 찢고
쓰고 찢고 수없이 써서 만들었다. 처용의 부적처럼 가난이란 동물
이 이 노래만 들으면 줄행랑을 칠 노래를 지어야 하는데. 천 년을
넘게 더 진화해서 태어난 나는 왜 처용 같은 비법이 이렇게 잘 떠
오르지 않는지 자신이 바보 같다는 생각이 들었다. 그러나 해서
안 되는 일은 없다. 반드시 처용의 얼굴보다 더 위엄을 부릴 부적
같은 노래 가사를 만들 것이다.
　노력한 결과 드디어 가사가 탄생했다. 가사는 마음에 들지만, 또
작곡을 해야 했다. 가난이란 동물이 가장 싫어하고 부유(富裕)라
는 동물이 환장하고 몰려올 가사와 작곡을 해야 하기에 간절히 손
을 모으고 하나님께 빌었다. 그렇게 하나님은 단군의 자손인 후손
을 위해 노래를 탄생시켜 주었다. 기뻤다. 금방이라도 부유(富裕)라
는 동물이 떼로 몰려와 가난이란 동물을 한 마리도 없이 모두 쳐
부술 것 같은 생각이 들어서 잠이 안 온다.
　가사 쓰느라고 잠이 안 오고 작곡하느라고 잠이 안 오고 모두

완성되어 기분이 좋아 잠이 안 왔다. 어디서 내게 삐쳐서 꼭꼭 숨어 있는 것 같다. 얼른 곡을 완성시켜 놓고 잠을 달래서 팔베개하고 하룻밤 안고 포근히 자 줘야겠다. 혹시 곡이 잘 붙여졌는지 몰라 이은상 씨에게 감수를 받았다. 이은상 씨는 좋다고 했다. 그래서 새마을 노래는 이 세상에 태어났다.

이 노래가 농촌 방방곡곡에 아침마다 울려 퍼지면 국민도 희망을 품고 열심히 노력하여 잘사는 나라가 되리라 믿는다. 국민이 함께 일어나 잘살아보자는 결의를 다지는 데 힘이 되어주리라 생각한다. 노래를 짓고 나니 가난이 마르고 있다는 생각이 든다. 사람들이 모두 신이 나서 이른 아침에 마을에 나와서 빗자루로 길을 쓸고 길가에 살살이꽃, 해바라기, 채송화, 봉숭아, 나팔꽃, 맨드라미 등 수 많은 꽃을 심고 초가지붕을 모두 걷어내고 다시 이으며 비에 실려 온 그늘마저 말려버릴 것 같은 생각이 들어서 신바람이 절로 났다.

진딧물처럼 우글거리는 가난이란 짐승을 한 방에 몰아낼 것 같은 환상이 들었다. 이 노래를 듣고 부유(富裕)라는 동물을 키우는 사람들은 앞은 내다보는 시력이 밝은 사람이다. 가난이 살고 있던 지난날을 떠올리며 부유(富裕)라는 동물의 냄새를 맡는 데는 조금의 노력이 더 필요하다. 부유(富裕)라는 동물의 생각을 따라 논둑길을 걷듯 걸으면 바람이 가난을 쓸어다가 저 멀리 버릴 것이다.

부유(富裕)의 생각이 펄펄 날리면 논둑에는 콩꽃이 곱게 곱게 피어나 보랏빛 웃음을 지으며 농부들을 유혹할 것이다.

몇 년 후면 부유(富裕)라는 동물이 가난을 모두 물리치고 활활 타올라 점점 부유(富裕)라는 동물의 세상으로 탈바꿈할 것이다.

1973년 1월 16일

이제 기반이 잡혀가니 내무부에 새마을 담당관실을 설치해야겠는 생각에 대통령령 6458호로 내무부에 새마을 담당관실을 설치했다. 그리고 그 산하에 4개의 과를 두었으며 앞으로 내 비서실에 새마을 담당관실을 설치했다. 이렇게 국민의 힘이 용솟음치도록 해 나라의 경제를 일으키도록 노력한 결과는 뚜렷하게 모습을 드러내기 시작했다. 1972년에 1490명이 새마을 교육을 받았다고 한다. 엄청난 성과다. 이제 교육받을 사람이 점점 늘어나서 경기도 수원의 농민회관으로 자리를 옮겼다.

경기도 수원에 새마을지도자 연수원을 신설 건립하였다. 이전까지 농협 대학에서 개설하여 운영하는 농가연구원에서 실시해 오던 새마을운동을 위한 농촌 지도자 교육과 양성 등을 맡게 하였다. 이제 올해 1973년에는 500명으로 피교육자 수가 증가하리라 예상된다. 이후로 매년 1만 명 이상 교육을 받았으면 생각한다. 교육은 성공한 새마을지도자의 경험을 듣고 그 사례를 주제로 토론하는 방식으로 진행됐다. 그렇게 한 걸음 한 걸음 앞으로 나아가다 보면 온 나라가 잘살게 되겠지. 이제 국민의 자립심을 키우기 위해 포상 제도를 만들어야겠다.

스스로 길도 닦고 꽃길도 조성하고 마을마다 빗자루로 거리를 쓸며 생기 차게 사는 동네에는 시멘트와 철근 등 길을 닦는 데 필요한 비용을 주면 서로 경쟁이 되어 자신의 마을을 더 잘 가꿀 것이다. 그리고 방송 매체를 통해 아침저녁 성공 사례를 방영하고 일간 신문에도 소개하여 새마을운동에 모두 앞장서게 해야 한다. 일찍이 인간 문명이 타락하는 건 희망이 없어서다.

나는 화창한 햇볕으로 국민의 뼛속까지 파고드는 가난이란 동물의 씨를 반드시 말리고 말리라. 그리고 그 자리에 부유(富裕)라는 동물을 키울 것이다.

1973년 9월 21일

새마을운동을 통해 농촌에서 생산직 노동자들까지 희망을 품도록 해야 한다. 경제 단체는 새마을지도자 대회를 열었다. 새마을운동을 범국민적으로 확산시킬 것을 결의하는 것이 목적이다. 새마을운동의 이념과 목표는 근면 자조 협동 정신을 기본으로 한다.

농촌이 근대화되어야 하며 지역의 균형적인 발전과 의식개혁을 목표로 해야 한다. 농업협동 조합의 협력과 제반 사업은 새마을운동을 촉진하고 성공적으로 완성하는 데 공헌하고 있다.

단위농협의 협동조직이 마을 단위에 새마을운동의 실천조직으로 활동해주고 있다. 나는 농촌으로 지원 유세를 나섰다. 농민들이 더욱 신바람이 나서 일할 수 있도록 하기 위해서다. 나는 마을 회관에 농민들을 모아놓고 말했다. '우수 마을은 국가가 끝까지 지원하면서 발전하도록 책임지겠습니다. 그렇지만 뒤처진 마을은 자기반성을 해야 합니다. 게으른 자에게는 기회가 오지 않습니다. 우수 마을엔 시멘트와 철근을 포상으로 더 많이 내리고 일을 하지 않는 동네는 시멘트 한 포대도 지원해 주지 않을 것입니다.'

마을 사람들이 웅성거리는 소리를 들었지만 못 들은 척하고 돌아왔다. 이 정책이 나비효과를 일으키기를 기다리면서. 나는 오늘 농촌을 방문하면서 신바람이 났다. 갈수록 시멘트와 철근이 많아진다는 말은 그만큼 모두 열심히 마을 길도 넓히고 초가지붕도 다시 하고 노력한다는 말이기 때문이다. 이대로 가면 이제 얼마 안 가서 우리나라는 부자가 될 것이다. 그리고 좀 더 세월이 흐르면 내가 벌인 이 새마을운동기록물이 유네스코 세계기록유산 등재될 때가 반드시 오리라 생각한다.

세계적인 농촌 개발 모델

이 새마을운동으로 농업 경쟁력을 향상시키고 시민들의 참여를 통해 공동체 의식, 자발적 참여 의식 회복에 이바지하게 하여서 세계적인 농촌 개발의 모델로서 가장 획기적인 정책이 되도록 해야 한다. 세계가 새마을운동을 바탕으로 빈곤퇴치 프로그램을 추진할 만큼 반드시 성장시킬 것이다. 유엔 산하 단체에서 한국의 새마을운동을 배워 보겠다고 우리나라에 찾아오도록 해야 한다.

그렇게 세계로 수출해 반드시 우리 대한민국으로 새마을운동을 배우기 위해 몰려오도록 하고야 말 것이다. 그러기 위해서는 새마을운동을 교육하는 것도 중요하지만 입도 함께 즐겁도록 거기에 걸맞은 노래를 지어서 전국에서 부를 수 있도록 해야 한다. 내 조국이니까 제목을 나의 조국으로 하자. 햇빛에 그을린 얼굴로 산 정기를 타고난 우리 국민이 희망차고 신나게 부를 수 있는 노래를 지어야 한다. 그러면 가사는 기적을 만드는 힘을 내뿜을지도 모른다. 백두산 정기, 한라산 정기, 무궁화의 꿋꿋함이 꿈틀꿈틀 살아 숨쉬는 가사를 쓰기 위해 나는 밤새워 생각을 짓고 작곡을 하느라 또 일주일을 썼다. 잠이 졸다가 어둠의 뿌리에 걸려 넘어졌다. 가사는 아직 면도 중이다.

1973년 1월 5일

　서울에는 사람들이 너무 많아졌다. 1960년대 이후 경제가 급속히 성장하기 시작하면서부터 지방에서 서울로 인구가 엄청나게 몰려들었다. 이 때문에 전차와 버스 모두 수요가 폭증하였다. 그러던 중 서울 전차가 1968년에 폐지되면서 서울의 대중교통은 모두 버스에 기대야만 했었다. 서울특별시 시내버스는 포화상태를 맞았다.

　이미 서울 전차를 대체하려고 지하철 노선들을 계획했었다. 거리가 복잡하고 길에는 버스와 소달구지가 뒤섞여 차라리 걸어가는 게 빠르다는 말까지 유행하는 지경까지 왔기에 하루빨리 교통난을 해결하지 않으면 안 되었다. 나는 이 거리의 혼잡을 해결할 방법을 또 밤을 새우며 연구했다. 며칠을 연구한 끝에 결과를 생각해 냈다.

　앞으로 지하철이 없으면 서울이 수도 역할을 하기가 어렵고 시민들의 불편은 점점 커질 거란 생각으로 지하철을 만들어야겠다고 생각했다. 그렇지만 또 반대할 것이 뻔했다. 그렇더라도 해야 한다. 결심하고 관료들에게 이야기하자 예상대로 또 관료들이 반대하고 나섰다. 역시 또 불가능을 들고 나왔다. 예산도 그렇고 여러 가지로 지금은 때가 아니라고 했다.

　나는 뻔히 그럴 것으로 생각했으면서도 또 황홀하게 슬펐다. 한

심해 한숨을 쉬는 내게 아내는 말했다. '아직 지하철을 타본 적이 없는 관료들이 지하철의 편리를 어떻게 알겠어요. 그들을 설득시켜야 하지 않겠어요?' 했다. 나는 '임자는 관료들이 설득한다고 내 말을 들을 사람이라 생각하오? 관료들도 관료들이지만 또 야당에서는 불도저처럼 반대를 길거리로 밀어붙일 일이 뻔하오.' 하자 아내는 '그럼 미래를 아는 더 큰 불도저로 밀어붙이세요. 나라를 위하는 일인데 앞을 못 보는 사람들의 말을 듣고 나라가 발전하는 일을 못 한다면 역사는 그 반대에 걸려 넘어져 발전하지 못한 대통령께 추궁하지 반대한 사람들에게 추궁하지 않잖아요.' 하고 용기를 주었다. 나는 아내의 말에 용기가 솟았다. 그래서 밤새 계획서를 만들었다.

이튿날 '서울 지하철 1호선을 만들겠다'라고 발표했다. 그러나 이구동성으로 반대부터 내밀었다. '각하, 지금은 돈도 부족하고 기술도 부족해서 시기상조입니다. 경제가 더 발전한 다음에 하시는 것이 좋다고 생각합니다.' 나는 투덜거리는 관료들을 향해 말했다. '부족해도 하다가 보면 길이 보이니 시행하시오. 언제는 우리가 조건을 갖추어 놓고 어떤 일을 계획하고 진행했소? 그렇게 자신감도 없고 용기도 없는 관료들이 앞으로 장차 이 나라 국민을 어떻게 잘 살게 할 수 있단 말이오. 돈이 없으면 만들고 기술자들이 없으면 외국 기술자들을 데려오면 되지. 하려고 하는 의지는 없고 귀찮은 것만 생각하니 하지 못한다는 말이 앞서는 것 아니오!'

1973년 2월 5일

　줄기차게 혼자의 힘으로 밀어붙인 결과 1호선은 모든 구간을 개착식 흙막이 공법으로 시작되었다. 개착식 흙막이 공법은 땅에 시트 파일과 같은 흙막이용 기둥을 박고 지상에서 큰 도랑을 굴착하고, 그 내부에 터널 본체를 구축한 후에 다시 메워 원상태로 복구하는 공법이다. 이 개착식 공법은 별도의 장비가 필요 없는 가장 단순한 방법이다. 그렇지만 공사하는 동안 지상 공간을 활용하지 못하고 공사가 오래 걸릴 것 같다.

　이로 인해 교통량이 많은 종로와 왕산로 및 세종대로 공사에는 몇 개 차로씩이나 막아야 하기에 정체가 심하기도 할 것이다. 1호선 전체 길이는 7.8㎞ 정도이지만 의외로 난공사 구간이 많을 것은 뻔하다. 문화재 보호 문제를 해결해야만 할 것이다. 1호선은 숭례문과 흥인지문 바로 옆을 지나가는데, 지하철 공사로 인해 문화재가 피해를 보는 것을 막아야만 할 것이다. 문화재 보호를 위해 1호선은 최대한 숭례문과 흥인지문에서 멀리 통과하도록 해야만 했다.

　지하철 운행에서 발생하는 진동이 문화재에 손상을 주기 때문에, 진동을 최소화하기 위해 장대레일을 깔고 터널 내외부에 방진벽을 설치하려면 생각보다 힘이 훨씬 더 소모되고 시간도 더 길게 잘라먹을 것으로 예상된다. 숭례문과 흥인지문에도 기초 부분에 방진벽을 설치하여 각 문화재에 지하철의 진동이 닿지 못하게 하도록 여러 가지로 애로사항이 발생할 것이지만 그래도 해내야만 할 것이다.

그뿐 아니라 서울 도심을 흐르는 수많은 하천과 지하 보도 공사도 만만치 않을 것이다. 모든 살아있는 동식물들은 자기 존재가 확인될 때 파트를 맞춰서 연주하는 법이다. 발전하는 것도 하나의 운율이며 문체이다. 그 운율과 문체를 아름답게 들리게 하기 위해서는 부단한 노력을 하지 않으면 안 된다. 이 좁은 땅덩어리에서 지하로 지하철이 다니며 사람들에게 더욱 아름다운 문체와 운율을 연주할 시간과 공간을 내어준다면 이것 또한 지상에서 보면 여백의 미가 아닌가 싶다.

여백의 미란 얼마나 균형적이고 텅 비어서 오히려 꽉 채우는 아름답고 균형적인 미인가! 그러나 그 여백의 미를 한 번도 겪어보지 못한 사람들은 무조건 반대한다. 어쩌면 아주 귀찮고 말도 안 된다는 습관에 젖은 사람들의 생각은 단 한 칸의 눈금도 옮겨가며 쓰는 문체를 두려워하기만 할 뿐이다. 이걸 모르는 내가 설득을 시킨다는 일은, 애초에 불가능하다는 걸 모르는 내가 더 무지한지도 모른다.

지하철이란 내재율과 사람이라는 정형률이 어울려 내는 화음이라는 거대한 서사시거나 아름다운 교향곡이 되는 것을 모르는 사람들. 그 감각이 없는 저 사람들에게 무엇을 어떻게 어떤 방법을 동원해서 가르쳐야 내 말에 고개를 끄덕일 수 있을까? 어찌해야 할까? 어디서부터 어떻게 설명해야 할지 생각하니 깜깜한 먹구름이 몰려온다. 뭔가를 할 의욕이 없는 사람들이 의욕을 가지고 뭔가를 지독하게 노력해 본 뒤에야 스스로가 강하게 된다는 걸 깨닫게 할 좋은 요량이 떠오르지 않는다. 술은 밤을 천국으로 전도해서 아침이라는 지옥에서 헤매게 만든다. 나는 밤이란 지옥을 통과하면 천국이란 아침에 도달할 술을 빚어야겠다.

희대미문(稀代未聞)의 영웅

38

안 되면 되게 하자

예상대로 공사는 몹시 어려운 공사였다. 청계천과 정릉천같은 큰 하천도 있지만, 도로 아래 복개된 각종 실개천도 문제가 되긴 마찬가지였다. 이 큰 하천이나 작은 하천들을 함부로 막고 공사를 하면 범람의 원인이 되기 때문이다. 그 위험을 방지하기 위해 본격적인 공사 전에 가수로를 만들어 물길을 우회해야 했다. 그다음 지하철 터널을 파고 다시 수로를 복구하는 식으로 작업하느라 조마조마하게 일을 해나갔다.

특히 큰 하천인 정릉천 아래 제기동역은 정릉천 물줄기를 몇 번이나 바꿔가며 공사를 해야만 했다. 지하 보도가 있으면 지하 보도를 보 등으로 강화해 놓고 그 밑을 파는 방식으로 공사하느라 애를 먹었다. 또한, 시청역에서 종각역 사이도 난공사 구간이었다. 이곳은 세종대로에서 종로로 들어가기 때문에 급 곡선이 불가피했다. 곡선반경을 완화해야 하므로 개착식 흙막이 공법으로 인해 건물 아래를 통과하는 것은 정말 어려운 난공사여서 모두 초긴장해야 할 만큼 어려웠다.

이외에도 건물을 매입해 철거하고 공사를 해야 하는 등 여러 가지로 난제가 구간 구간 나타났다. 그러나 모두 우리의 기술과 힘으로 잘 해결하고 드디어 1호선 공사는 1971년 4월 12일에 시작해 완공을 향해 열심히 달리고 있다. 안 되면 되게 해야한다. 그것이 나의 신조(信條)다. 그래야 이 나라가 가난에서 벗어날 수 있다.

1974년 8월 14일

우여곡절 끝에 불가능은 가능으로 탈바꿈했다. 대한민국 최초의 지하철이 탄생했고 이제 내일 개통식이 성대하게 진행될 예정이다. 감개무량(感慨無量)하다. 우리가 해낼 수 있다는 생각은 했지만, 현실로 이뤄놓고 나니 꿈만 같다. 처음 막막하던 때가 생각이 난다. 외국인을 데리고 왔다. 그러나 외국 기술자들은 서울 땅이 돌투성이라 지하철을 만들 수 없다는 말을 했다. 기술이 없다고 하지 않고 연장 탓만 하는 외국인들을 돌려보냈다.

어떤 일을 하든 어려움 없는 일은 없다. 가능이란 주어를 가지고 행동이란 형용사를 가지고 할 수 있다는 목적어를 가지고 일에 착수할 방법어를 서술어로 해나가면 완성하지 못할 문장이 없다는 걸 모르는 사람들이 한심스러워 한숨을 구름처럼 쏟아냈다. 차라리 죽이 되든 밥이 되든 자금을 빌려서 우리 손으로 하는 편이 나을 것 같았다. 자금이 없으니 일본에서 돈을 빌리기로 했었다.

그러나 일본은 또 과거처럼 간섭하려고 들었다. 나는 화가 머리 끝까지 차올랐었다. 지금이 어느 때인데 또다시 간섭하려 들다니 잔인무도(殘忍無道)한 나라라는 생각이 들어 화를 내며 말했었다. '그만두시오! 그렇게 간섭하려 들면 우리 힘으로 할 것이오. 두고 보시오, 반드시 해내고 말 것이니.' 하고 기술자들을 돌려보냈다. 그리고 빌리려던 돈도 없었던 일로 만들어 버렸다. 그렇게 우리나라 기술자들을 불러 머리를 맞대고 상의하고 연구해서 밤새워 설계하고 공사를 진행하라고 지시를 내렸다.

천재적인 머리를 가진 우리 기술자들은 실패에 실패를 거듭하면서 공사를 진행한 결과 드디어 1974년 8월 15일 내일, 드디어 그 힘들고 어려운 난간을 뚫고 우리의 힘으로 지하철 1호선이 문을 여는 날이다. 지네처럼 생긴 지하철이다. 축축한 흙 속에 살면서 직사각형으로 생겼다. 여러 마디로 태어난 지하철 마디마다 동그란 다리가 속도를 뚫으며 달릴 것이다. 버스와 택시와 달리 이 지네 같은 녀석은 서울시민들의 온몸에 신진대사를 촉진하고 피를 원활하게 돌 영양을 공급해 체력을 활성화할 강장제로 쓰일 것이다.

나는 밤새 한숨도 못 자고 가슴을 움켜쥐었다. 서울 시장이 써놓은 지하철 완공 기념 글을 적어와서 보고 또 보았다. 감격이 출렁이며 청와대 전체를 휩쓸고 있었다. 청와대의 밤은 이렇게 간혹 지루하고 길게 늘어났다. 어떤 목적이 완성된 다음 엿가락처럼 찍찍 시간을 늘려서 아침이 늦게 오도록 만들었다. 오늘 역시 그렇게 엿가락처럼 밤을 길게 늘여 아침은 아직 코빼기도 보이지 않는다. 오늘따라 아내도 한숨도 자지 않고 내 옆에서 함께 서울 시장이 쓴 개통을 축하하는 글을 따라 읽었다.

여기 땅속을 뚫기 3년 4개월 서울시민 교통에 신기원을 이룩할 지하철 종로선이 650만 시민의 뜨거운 염원과 대망리에 완공되었다. 이 거역이 우리의 기술진과 노력으로만 이루어졌으니 민족의 저력을 과시할 장한 일이다. 그동안 이 일에 힘을 기울인 모든 분의 노고에 감사드린다.

오늘 역사적인 개통을 맞아 줄기찬 의욕으로 자랑스러운 수도 서울과 영광된 조국에 힘을 다할 것을 다 함께 다짐하는 바이다.

1974년 8월 15일

서울특별시장

양택식

감격이 폭포수처럼 쏟아지고 심장이 제멋대로 날뛰어 잠을 잘 수가 없다. 아내 역시 함께 읽은 다음 잠을 이루지 못하고 꿀물을 타와서 마주 놓고 함께 감격에 겨워 눈물을 흘렸다. 어둠이 걷히기 전에 집에서 나가 첫 열차를 타고 시민들을 만나 터져 나오는 감격 때문에 아무 말도 못 하고 입술만 벌리고 이를 내놓고 웃고 시민들은 그걸 대통령의 웃음이라고 생각할 것을 상상하며 하얀 울음 기쁨 위로 내가 할 말을 상상한다.

앞으로 이 지하철은 현대적인 서울의 상징이 될 것이고 수도권 발전과 사람들의 생활을 크게 바꾸어 놓을 것이고 시민들이 아주 편리한 생활을 하게 될 것이라고 말한다. 상상만 하는데도 즐거웠다. 아내가 나를 처다보며 말했다. '그렇게 좋으세요?' '그럼 좋고 말고 이제 국민이 아침마다 출근 전쟁에서 벗어날 걸 생각하니 웃음이 저절로 나오' '예, 이제부터 국민들이 교통 대란에서 벗어날 것 같아요. 애 많이 쓰셨습니다. 내일 개통식에 참석해야 하니 한 시간이라도 주무세요.'

아내의 말은 들렸으나 무슨 말인지는 들리지 않았다. 나는 이 긴 밤을 새우기 위해 아내의 말을 공중에 날리고 무엇을 해야 할지 생각이 나지 않아 지난 일기장을 넘겨본다. 지난 일기장을 보면 앞으로 어떤 일을 해야 할지 앞이 보이는 때가 많았다. 그리고 어려운 일이 생기면 일기장을 넘기다 보면 이런 어려움도 이겼는데 무슨 일을 못 해! 하는 생각을 다잡는 계기가 되기도 한다.

내가 일기장을 꺼내자 아내는 슬그머니 시집을 꺼내서 읽는다. 일기장을 휘리릭 넘기니 오래전 이승만 대통령 장례식 때 일기가 눈에 들어온다. 다시 보고 싶지 않은 기억이라 그냥 넘기고자 했으나 왠지 읽고 싶어져서 다시 읽어본다.

1965년 7월 27일

이승만 대통령 장례식에 올린 조사

당신은 일흔 살이나 된 노구(老軀)를 이끌고 광복된 조국 땅에 돌아오셔서, 좌우 이념 갈등과 미국, 소련 사이의 알력(軋轢)을 극복하고 새 나라를 세우셨습니다.

당신이 이루신 무수한 업적 중에는, 대한민국의 주권과 국격(國格)을 전 세계에 알린 쾌거 중의 쾌거로서 독도를 포함하는 평화선을 선포하고 반공포로를 석방한 일도 포함되어 있습니다.

비록 정권 말기에 간신배 이기붕 일당을 잘못 기용하시어 실각(失閣)하셨지만, 이는 당신 평생의 공적을 가릴 수 있는 일이 결코 아닙니다.

당신은 조국을 위한 어린양으로 희생되었습니다.

대통령을 맡고 있는 제가 부족하여 당신으로 하여금 조국에서 임종토록 하지 못한 점, 용서해주십시오.

당신이 직접 만든 군대의 젊은이들이 묻힌, 당신이 만든 묘역인 국립묘지, 그중에서도 가장 좋은 길지(吉地)를 골라, 이제 당신을 땅에 묻습니다.

공산 침략을 무찌르다 숨진 국군장병의 혼령을 거느린 막강한 호국신이 되어 땅을 지켜주소서.

대한민국 대통령 박정희

1972년 2월 7일

미국이 베트남에서 군대를 철수하면서 아시아의 군사적 상황이 불안해졌다. 내가 서성거리며 밤늦게까지 잠을 못 이루고 있자 아내가 말했다. '무슨 고민으로 또 그리 잠을 못 주무세요?' '임자 지금 미국이 베트남에서 군대를 빼는 걸 보니 우리나라도 불안하오. 북한은 호시탐탐 동족끼리 싸울 준비만 하고 있으니 말이오. 남의 힘에 의지하면 언젠가 무너지고 말 것이오.' '그렇지요. 그렇지만 미리 그런 생각을 해서 국방을 튼튼하게 해야 한다는 생각을 하게 하는 건 좋은 거란 생각이 드네요.' '역시 임자는 대단해. 그래 우리도 미

국의 군사적인 도움에 의존만 하지 말고 상황을 바꾸어야겠지요.'

　그렇게 나는 아내의 말이 옳다는 생각을 한다. 그리고 우리 스스로 나라를 지켜야 한다는 생각이 절박하게 밀려들었다. 그래, 우리 스스로 나라를 지킬 무기를 만드는 방위산업을 세워야 한다는 생각이 고추잠자리처럼 맴돈다. 우리 스스로 힘을 키우지 못하면 누구도 도와주지 않는다는 것을 알아야 한다.

　미국은 자기 나라의 국익에 따라 움직이는 것이 너무 당연하지. 미국만 믿고 있어서는 안 될 일이다. 미국은 우리와 피 한 방울도 섞이지 않은 나라다. 그렇다면 우리가 스스로 나라를 지킬 힘을 하늘 높이 쌓아야 한다. 그래서 하늘도 감동하도록 튼튼한 방위태세를 해야 한다.

1972년 2월 9일

　나는 우리 힘으로 국방을 튼튼하게 할 비책을 연구할 생각을 부수었다, 바다 깊이 넣었다가 꺼내고, 나무 꼭대기에 걸었다가 내리고, 공중에 펼쳤다 걷어내며 생각 담금질을 했다. 그리고 결론을 얻었다. 국산 무기를 만들어야겠다고 관료들에게 말할 것을 결심한다. 그러나 결과는 또 너무나 통속적인 연재소설 같은 문장으로 늘어질 것이 뻔하다.

1972년 2월 10일

어젯밤 생각에도 당연한 결과를 예측했다. 나는 군 고위 간부에게 의견을 말했다. '우리나라도 방위산업을 세워야겠소' 나의 말에 그들은 역시 긍정적인 말이 아니라 부정적인 말을 했다. '우리 남한은 북한보다 기술이 뒤떨어져서 방위산업을 세워봐야 돈만 낭비합니다.'라고 한마디로 아니 됩니다! 불가합니다! 낭비만 할 뿐입니다!

이 가난한 나라에 부정적인 말이 긍정적인 말을 모두 갉아먹고 살아 부정만 올챙이처럼 바글거리며 살고 있어 부정적인 말들을 줄줄이 늘어놓았다. 그렇다고 이 중대한 나라를 지키는 일을 앞을 보는 눈이 없는 그들의 말에 휘둘리면 나라는 어떻게 된단 말인가! 나는 그들을 앉혀놓고 말했다.

'이봐요. 기술이 없으면 배우면 되고 돈이 없으면 돈을 만들어서라도 할 생각은 안 해보고 안 돼! 안 돼! 불가! 불가! 만 계속해서 할 거요? 세상에 일어나는 모든 일은 안 되는 것에서 되도록 해서 태어난 것이오. 안 되면 되게 해야지, 그렇게 무사안일한 생각으로 어떻게 이 어려운 나라의 미래를 이끌 관료라고 할 수 있소? 자신 없으면 사표 쓰시오. 강단 있게 한 몸 던지며 해야 할 일은 하고 나라를 위해 목숨을 버리더라도 옳은 길을 가야 할 일이지, 조금 두렵다고 어렵다고 귀찮다고 모두 불가능만 외치면 이 나라는 어떻게 하란 말이오?

국민의 혈세를 먹고 사는 관료들이 나라를 위해 목숨 걸고 밀어 붙여도 이 나라를 지킬까 말까 한데 지금 나라를 빼앗기고 찾은 지가 얼마나 지났고 북한에 의해 남침을 당한 지가 얼마나 되었다 고 그리 무책임한 말만 내뱉고 앉아 있단 말이오? 지금 무엇 하나 갖추어진 것이 없는 시국에 밤을 새워 연구해서 할 생각을 해야지 해보지도 않고 돈이 없어서 기술이 없어서 안 된다는 게 말이 된 다고 생각합니까?

어떤 나라는 처음부터 있어서 했다고 생각하시오. 모두 무에서 유를 창조하는 것이지. 미리부터 안 돼! 안 돼! 관료들이 먼저 안 되면 되게 하리라는 생각으로 움직여야 기술자들과 일하는 사람 들이 밤새 노력해서 우리나라 무기를 만들지, 안 되면 어쩌겠다는 말이오. 없으면 당신들 집이라도 팔아서 돈을 마련하고 기술자는 수입을 해서라도 할 방법을 내게 가져오시오!'

내 목소리가 높이 올라갔는지 아니면 강단 있게 밀어붙이자 어 쩔 수 없다고 생각했는지 모두 말을 각자의 주머니 속에 넣고 잠그 고 아무 말도 꺼내지 않았다.

1972년 2월 10일

오늘은 단단히 마음먹고 군과 관료들을 설득시키기 위해 연설문을 밤새 작성했다. 우리나라의 방산 산업체가 반드시 세워져야 하는 이유로 첫 번째, 6·25전쟁의 아픔과 같은 비극을 다시 겪지 않기 위해서다. 반드시 무기를 준비하고 힘을 키워야 한다. 정전 이후에도 끊임없이 도발을 일삼는 북한의 위협을 우리가 위협하는 수준이 될 만큼 국방을 튼튼하게 하기 위해서는 불가피한 일이다.

지금 북한은 남한보다 경제력이 더 풍부한 나라고 군비 역시 남한보다 훨씬 더 강하다는 걸 잊어서는 안 된다. 1950년 6월 25일 국군은 북한군에게 개전 3일 만에 서울을 내준 쓰라린 기억과 인천상륙작전까지 낙동강 방어선 이남을 제외한 남한 전토를 북한군에 내주어야 했던 아찔한 그 순간을 잠시도 잊어서는 안 된다.

이후 1960년대 베트남전쟁 등 국제적인 요인을 내세우며 미국이 주한미군 전력을 감축시키고 있음도 직시해야 한다. 우리 스스로 자주국방의 길로 나서지 않으면 나라는 바람 앞에 촛불임을 명심 또 명심하고 반드시 방산 산업체에 박차를 가해 만반의 준비를 하도록 해야 한다. 나는 그들의 말을 듣기보다 명령으로 밀어붙여야 한다. 그들의 부정적인 말을 듣다가 또다시 낭패를 당하면 그 책임은 모두 내게 있기 때문이다.

그때 가서 앞을 못 보던 군 장성과 관료들을 질책하고 후회한들 그건 죽은 자식 불알 만지기밖에 더 되지 못하기 때문이다.

1972년 2월 11일

내가 반드시 해야 한다는 말로 단호하게 밀고 나가자 관료들도 함께 움직이기 시작했다. 처음엔 떫은 감을 씹은 듯 어물쩡하지만, 차츰 홍시가 되어갈 것이다. 그리고 올해부터 제3차 경제개발 5개 년 계획에서 방산의 근간이 되는 중화학 산업 개발에 박차를 가하고 특별 관리에 들어가게 했다. 국방과학연구소를 설립했다. 이것이 나라를 지키는 기초가 되리라 생각한다.

이제 관료들도 정신을 차릴 때가 되었는데 아직도 정신을 차리지 못한다. 국방을 튼튼하게 해서 국민에게 국방 성금을 조금씩 부담하게 해서라도 이 나라를 다시는 전쟁에 잿더미가 되게 해서는 안 된다. 후손들에게 다시는 이런 쓰라린 전쟁을 겪게 해서는 안 된다.

율곡사업

1960년대 중후반, 1·21사태 울진-삼척 무장공비 침투사건 등 북한의 대남도발은 끊임없이 이어진다. 참으로 비참한 일이다. 어쩌자고 이 조그만 나라에서 자신의 사상과 다르다고 나라를 반으로 갈라놓고, 한민족임을 저버리려고 하는지 답답하고 어리석은 생각을 모두 태워버리고 싶다. 엎친 데 겹친다고 제37대 미국의 대통령 리처드 닉슨의 닉슨 독트린 발표로 커다란 안보위기가 찾아왔다.

물론 우리 정부는 한국군 2개 사단이 월남전파병을 대가로 미국 정부로부터 한국군 현대화계획 이른바 브라운 각서를 체결했다. 그리고 1970년 2월 24일부터 열렸던 '사이밍톤 청문회'에서 미국 통합참모본부장은 '한국군의 장비가 여전히 제2차 세계대전과 한국전쟁 당시의 것이니 장비개선이 필요하다'고 지적했다. 그 말은 곧 '브라운 각서'가 제대로 진행되지 않고 있음을 스스로 자백하는 말이었다.

그리고 1969년 미국 제37대 대통령으로 취임한 리처드 닉슨이 대통령직을 벗었다. 워터게이트 사건으로 탄핵을 피하고자 하는 방패였다. 같은 해 9월 14일 남한과 북한의 군사력 차이는 엄청났다. 영국 전략연구소 보고서에 전차는 한국군 주력 탱크는 미합중국이 기관총 진지를 파괴하고 보병을 지원할 목적으로 생산되었고 미합중국과 다른 서구연합국이 제2차 세계대전당시 가장 많이 사용하던 전차 중 하나인 M4 서먼이고 76㎜ 포를 장착했으나 북한은 구소련을 비롯하여 중국과 북한 등 총 50여 개국에서 생산된 최대의 생산량을 자랑하던 중전차 T-54, T-55, T-59 전차를 보유하고 100㎜ 포를 장착하고 힘을 과시했다.

한국 전투기는 1969년 8월 말에 대한민국 공군이 미 공군으로부터 인도받은 다목적 전투기로써 3시간 이상의 장기간 체공 능력과

5개의 무장 장착대, 동체 양옆에 터보제트 엔진으로 우수한 기동
력을 갖춘 길이 19.2m, 너비 11.7m, 높이 4.98m, 중량 13.756t, 최
대이륙중량 28.03t, 최대속도 마하 2.3, 항속거리 3,180㎞, 무장 대
공미사일 8기, 포 1문 전투행동반경 요격 1,450㎞, 공격 1,601㎞인
F-4 D 팬텀기 16대를 포함해서 총 200대가량 보유하고 있었다.

그러나 북한은 MIG-21 90대를 포함해서 총 580대를 보유했으니
무기 보유 면에서 우리나라는 북한을 능가할 수 없었다. 세계적인
전략평론가는 북한군과 한국군의 군사력 비교를 3:1이라고 평가할
정도였다. 1971년 3월 27일 미국은 주한미군 제7사단 2만 2천 명
을 자국으로 이주시켰다. 우리 대한민국 정부는 국방목표를 자주
국방으로 정하지 않으면 나라를 지킬 방법이 없는 위기에 봉착했
음을 직감하고 국방정책과 군사전략 수립의 방향을 세우지 않으면
또다시 나라가 위태롭게 될 처지가 되었다.

한국군 장비의 현대화와 방위산업 육성으로 1974년 2월 건군 이
후 최초로 제1차 전력증강 계획인 율곡사업이란 이름을 내세웠다.
율곡사업이란 조선 시대 임진왜란 전에 10만 양병설을 주장한 율
곡 이이(栗谷李珥)의 호를 딴 암호명이다. 앞을 내다보는 눈이 탁월
한 선조 율곡의 이름으로 나라를 지킬 사업을 추진하기로 했다.
그렇게 하면 율곡 이이 선생께서 이 나라를 지켜주실 것이란 생각
이다. 먼 후일을 내다보는 눈을 가진 분이니까. 당장 방위세를 포
함해서 국고와 차관을 얻어 투자해야 한다.

주요 전력을 증강하고 방위산업을 육성해야 한다. 군별로는 육군에게 가장 많이 그다음 해군 그다음 공군 그리고 통합사업으로 구성해야 한다. 이렇게 하면 투자가 분산되고 무기체계 선정의 착오도 생길 수 있어 운영유지비가 급증할 수도 있겠지만 문제가 생기면 다음 차선으로 문제를 해결하면 된다. 이렇게 해야만 한국형 유도탄도 개발할 수 있고 그보다 더 대단한 무기를 개발할 수도 있다.

그러니 율곡사업을 시작해서 한국군의 자주국방과 전력증강을 위한 대규모 사업으로, 자주국방 4대 지침을 세우고 무기 국산화, 첨단기술 개발, 방위산업 육성을 목표로 추진해야만 한다. 이렇게 하지 않으면 나중에 미군 철수 후 우리나라는 절대 스스로 나라를 지킬 수 없다. 그때를 대비해 우리나라는 독자적인 군사력을 확보하는 것을 핵심 과제로 삼고 지금부터 율곡사업(栗谷事業)을 진행해 국군의 전력증강사업을 해야만 한다.

사업의 방향은 방위전력 보완과 자주적 억제전력의 기틀 마련에 있다. 육군은 초전 대응능력과 수도권 방위전력의 증강, 해군은 전투함정과 유도탄 전력의 증강, 그리고 공군은 신예 항공기와 유도탄 전력의 증강 등에 역점을 두어 율곡처럼 앞을 내다보는 눈으로 자주국방의 기반을 조성해야만 한다. 전력증강사업의 기초를 확립하고 전력 정비사업은 조기경보체제 구축과 전쟁 지속능력의 확장하며 유·무형 전력의 균형적인 발전을 통해 자주적인 군사력을 강하게 키워야 한다.

　주요 무기의 국산화를 통한 첨단 국방과학기술과 방위산업의 세계적인 기반을 다져놓아야 한다. 통합전투력을 극대화할 수 있도록 기술집약형 전력구조 개선 및 각 군과 전장 기능별 전력의 강력하고 균형적인 발전으로 도약(跳躍)해 나가야 한다. 그렇게 하려면 투자 규모도 갈수록 늘려나가야만 할 것이다. 그렇게 해나가다 보면 반드시 우리 국산 무기를 만드는 결과물이 나올 것이다.

　그렇게 추진한 결과 공군은 KF-5를 도입했다. 미국에 고성능의 F-4 팬텀 판매를 요구했으나 콧대 높은 미국은 F-4 팬텀 같은 고성능 전투기는 기반이 부족한 한국에서는 운용하기 어렵다고 변명 아닌 변명을 하며 대신 F-5A, F-5 B 다수를 공여(供與)하고 일부는 판매했다. 처음에 미국이 원조하려고 했던 기종은 미국의 록히드가 개발하고 1958년부터 배치된 미국의 요격기겸 전폭기다.

　별명은 스타파이터(Starfighter)로 세계 최초의 실용 마하 2급 전투기이다. 미국 외에도 서독, 이탈리아, 일본, 터키, 대만 등 냉전의 최전방 국가에서 많이 운용했던 F-4 팬텀이었으나 당시 한국의 역량으로는 운용하기 어렵다는 일방적인 미국의 판단과 정책 변화로 미국이 2급 동맹국에 싼 가격에 대량으로 뿌릴 목적으로 선택한 기종 F-5로 변경되었다. 우리 정부에서 말이 안 된다며 반발을 했다.

　그러나 강대국의 횡포에 약소국의 설움을 울음으로 삼켜야 했다. 미국은 원조해 주는 입장인 갑(甲)이고 한국은 원조를 받는 처지인 을(乙)에 해당하니 아무리 반발을 해본들 그물로 물 길어 올리기밖에 되지 않았다.

희대미문(稀代未聞)의 영웅

39

결국, 울면서 청양초 먹기로 F-5를 도입해야만 했다. 율곡사업은 대북 전력 격차를 해소하기 위해 수립한 한국군 전투력 증강계획을 수립하고 주요 무기의 국산화, 첨단 국방과학 기술 구축, 기술집약형 전력구조로의 개선, 각 군 및 전장 기능별 전력의 균형적 발전 등을 통한 통합전투력의 극대화를 위한 것임을 *국민도 알아야 한다.*

그리하여 나라가 자생하여 튼튼하게 살아갈 기틀을 잡기 위한 것임을 *국민도 알아야 한다.* 미국의 정책 변화에도 북한의 군사도발에도 우리 힘을 막아낼 힘을 기르기 위한 것임을 *국민도 알아야 한다.* 미국은 6·25전쟁을 계기로 적극적인 군사지원정책을 펴왔었다. 그러나 1950년대 후반부터 미국의 국제수지가 악화한다는 이유로 대한군사원조가 점차 줄어 미국의 새로운 아시아 정책은 일

차적으로 우리나라에 적용되어 1971년 3월 주한미군 제7사단 약 2만 명이 자국으로 돌아갔다.

이로써 주한미군은 6만 명에서 4만 명으로 감축되어 일선 방위에 불안을 가져왔음을 **국민도 알아야 한다.** 1971년에는 대한대충자금원조(對韓對充資金援助)가 단절되고, 1974년부터는 대한군사원조가 무상원조(無償援助)에서 유상원조로 전환됨과 동시에 실질적인 군사원조는 급속히 감소하였다.

그러기에 이제 대미 의존인 기존에서 자주국방이 절실하게 필요한 상황이 되었음을 **국민도 알아야 한다.** 우리 스스로 방어능력을 갖추어야만 나라를 지킬 수 있음을 **국민도 알아야 한다.** 전쟁 후 나라의 발전에 정신을 파는 사이 북한은 휴전 이후 지속해서 남한을 초토화하기에 총력을 기울여 이른바 4대 군사 노선(四大軍事路線)을 채택하여 군수 산업개발과 함께 군비 확장을 촉진한 결과 1968년대에는 이미 전쟁 준비를 완료하고 대남파괴 공작을 적극화시켰음을 **국민도 알아야 한다.**

그 사이사이 간첩들은 남한에 파견되어 각 학교와 관공서 민간 곳곳에 숨어 나라를 공산화하기 위한 전략을 펼치다 마침내는 1968년 1월 21일 청와대기습 사건을 유발하기에 이르렀음을 **국민도 알아야 한다.** 미국은 한미상호방위조약에 규정되어 권리와 의무를 발동해야 했다. 그러나 미국은 푸에블로호 피랍사건 해결에 열중한 나머지 이 침략 행위에 대해서는 등한시하며 소극적인 태도를 보였음을 국민도 알아야 한다.

이 사건만 보아도 우리나라가 자주국방을 자각하지 않으면 또다시 6·25와 같은 전쟁이 일어날 수 있음을 경고하는 일임을 국민도 알아야 한다. 1971년 1월 박정희 대통령은 연두 기자회견에서 자주국방 태세 강화의 필요성을 강조하고 방위산업 육성방침을 다시 강조했다. 또한, 대통령은 같은 해 9월 예산안의 국회 제출에 따르는 시정연설에서, 국방정책의 기본은 어떤 형태의 침략과 도전을 받더라도 이를 격퇴할 수 있는 방위력을 유지하여야 한다고 강조했다.

정부는 이러한 기본 방침에 따라 물적 방위능력을 강화하기 위하여 방위산업 육성과 아울러 국방과학기술의 연구·개발이 필요하다고 우리나라의 방위산업은 미국의 정책 변화와 북한의 지속적인 군비 확장 내지는 도발에 대처하기 위해 본격적으로 추진하여 시일 내에 자주국방 태세를 확립해야 제2의 6·25 같은 비극을 막을 수 있다고 생각하고 방위산업 육성 지원에 관한 기본 정책을 수립했다. *국민도 알아야 한다.*

북한은 1950년대 후반부터 병기생산에 착수하여 오로지 병기생산에만 총력한 결과 1960년대의 중화기생산을 했고 1970년대에 대형 장비를 생산해 냈다. 그런데 우리 남한은 늦게서야 본격적으로 육성되기 시작했으므로 제트기처럼 빨리 달리지 않으면 안 되었다. 그렇게 급하게 날아다니며 노력한 결과 60㎜· 81㎜ 박격포를 개발했다.

1972년에는 4.2인치 박격포, 105㎜ 곡사포, 1973년에는 106㎜ 무반동포, 1974년에는 155㎜ 곡사포의 개발에 착수하여 모두 대량 생산 단계에 들어갔다. 그리고 한국형 소총과 기관총을 개발하여 대량 생산에 이르렀다. 탄약류는 1971, 1972년에 소총탄을 비롯하여 수류탄·박격포탄·대전차지뢰 등이 개발되어 대량 생산되었으며, 1975년에는 항공기용 각종 폭탄 개발에 착수하여 대량 생산에 이르렀다.

장비에서도 1970년대 중반부터 개발에 착수하여 1976년에는 헬리콥터, 1977년에는 한국형 장갑차와 그 밖에 각종 군용 차량을 대량 생산하고 있다. 전차는 구식의 M48형 전차를 미국의 M60형과 같은 화력과 기동성을 지니도록 개조하여 양산단계에 들어가는 한편, 세계 최신예 전차인 *M1 에이브럼스*(M1 Abrams)는 베트남전쟁의 영웅인 미합중국의 장군 크레이턴 에이브럼스의 이름을 딴 전차다.

M1 에이브럼스 전차는 가스터빈 엔진을 장착해 가속 성능이 우수하고, 최고속도 시속 70㎞, 중량 55t의 제원을 갖추고 있다. 또한 105㎜ 강선포와 적외선 전방감시장치, 레이저 거리측정기, 탄도계산 컴퓨터 등을 탑재해 주야간 전투가 가능하며, 감손우라늄 복합 장갑과 화학·생물·방사선 방호 설비를 갖추고 있다. 포탑 후방에는 버슬형 탄약고를 적용해 승무원의 생존성을 높였다.

한국은 이러한 M1 전차를 참고해 한국형 전차 개발에 성공함으로써 전차 생산국이 되었다.

함정은 우리나라의 조선공업 발전에 힘입어 1975년에 한국형 구축함을 최초로 국내에서 건조, 취역시킨 데 이어, 다목적 전투함 개발에 성공했다. 미사일 분야도 개발에 착수하여 1978년에는 한국형 지대지미사일의 시험 발사에 성공했다. 1978년부터는 한국형 다연장로켓을 개발·생산함으로서 각종 고도정밀 병기의 양산 기반을 구축했다. 또 첨단기술의 총합체라고 일컬어지는 항공기의 한미 공동생산에 들어가 역사상 처음으로 국산 항공기를 생산함으로써 우리나라도 항공기 생산국이 되었다.

그 결과 우리나라의 방위산업은 핵무기를 제외한 거의 모든 재래식 병기를 생산할 수 있는 체제와 능력을 갖추었다. 이렇게 우리나라의 방위산업은 급속히 성장하여 북한을 능가하는 단계에 이르렀다. 공장 설비도 부족하고 기술도 부족했지만, 훨훨 타는 열기 하나로 드디어 방위산업은 세워졌고 소총과 총알이 만들어졌다. 박정희 대통령은 방위산업체를 방문해서 무기를 시험하다가 사고가 난 방위산업체를 찾아가서 말했다.

실패했어도 실망을 하지 마시오. 다시 하면 반드시 여러분은 만들 수 있습니다. 실패를 많이 할수록 더욱 튼튼한 무기를 만드는 기반이 될 것이니 실망하지 말고 열심히 다시 하시오. 수많은 실패 끝에 우리나라는 세계적인 무기 생산 국가가 될 것이오, 우리나라 기술력으로 우리가 만든 무기를 세계로 수출할 수 있을 것이오. 반드시 그렇게 될 것이니 모두 힘내시오. 여러분의 끈질긴 집념으로 처음 만들어진 소총을 쏘면 이 총알이 우리나라를 지킬 것이고 여러분 손으로 만든 무기는 반드시 우리나라를 지켜낼 것이니 힘내시길 바랍니다.

중동에 피어나는 웃음꽃

집마다 허리띠를 졸라매야만 하는 시절이었다. 쌀값이 올랐고 기름값은 두 배로 뛰었으며 공장들은 교대 근무를 줄이는 형편이었다. 연탄이 없어 냉골에서 겨울밤을 보낸다는 소식이 여기저기서 들린다. 신문 1면에는 *제1차 석유파동*이라는 낯선 단어가 매일 눈을 동그랗게 뜨고 사람들을 쳐다보고 있었다.

1965년 현대건설이 태국 파타니와 티왓을 잇는 고속도로를 최초로 수주하면서 해외 건설 공사의 역사가 시작되었다. 그러나 1973년 4차 중동전쟁에서 전쟁이 났다. 중동 산유국(産油國)들은 석유자원의 무기화를 결의하기에 이르렀다. 그렇게 되자 국제유가의 급격한 상승을 낳기에 이르고 1차 석유파동이 발생했다. 중동 산유국의 10년에 걸친 장기호황이 시작되었고, 이들은 막대한 석유자본을 기반으로 도로, 항만 등 사회기반시설을 건설하였다.

1973년 삼환기업이 사우디아라비아의 알울라와 카이바를 잇는 고속도로 공사를 수주하게 되었다. 삼환기업은 중동진출 기업 1호라는 명찰을 가슴에 달고 해외로 진출하기에 이른다. 이후 리비아 대수로 공사는 동아건설, 사우디아라비아 주베일 산업항 공사는 현대건설, 파키스탄 고속도로는 대우건설 등이 공사를 수주하였다. 그렇게 되자 한국 건설사를 따라 근로자들이 사우디에 함께 나가게 되었다.

오일쇼크로 인한 사우디의 막대한 오일달러와 한국 정부 및 건설사의 외화 획득 및 경제성장이 톱니바퀴처럼 잘 맞아떨어졌다. 석유 부국이 된 사우디아라비아가 인프라 건설에 대규모 투자하면서, 경제 개발에 절실했던 우리나라에게는 하늘이 준 기회였다. 그런 호재를 놓쳐서는 안 된다고 생각했다.

그래서 정부 주도하에 건설사들을 앞다투어 진출하여 외화를 벌고 일자리를 창출하게 힘썼다. 한국 기업이 사우디아라비아에 파견되는 주된 이유는 경제적 협력, 특히 건설 및 에너지 산업 분야의 대규모 프로젝트에 참여시켜야 한다. 우리나라 기업의 해외 건설 수주는 외화를 획득하여 한국경제의 국제수지 개선에 이바지할 수 있기 때문이다.

1962년 *해외이주법*을 제정했었다. 국민의 해외 진출을 장려함으로써 인구정책의 적정과 국민경제의 안정을 기함과 동시에 국위를 선양함을 목적으로 했다. 인구 조절 문제도 있고 외화 획득으로 노동 이주도 권고할 사항이기 때문이다. 작년 걸프만 인근의 산유국들은 석유를 무기화하면서 원유 생산 가격을 높이기 시작했다.

이는 1차 석유파동을 전 세계에 일으켰다. 석유파동은 우리나라 경제에도 큰 위협으로 작용했다. 올해부터 긴급하게 물가 안정, 세금 감면, 부당노동행위 처벌 강화 등을 포함하는 긴급조치 제3호를 시행했다. 그렇지만 산유국에는 석유파동이 경제 호황을 의미하는 것이다. 바레인, 쿠웨이트, 오만, 카타르, 아랍에미리트, 사우디아라비아 등은 도로나 항만 같은 사회기반시설을 건설하는 계획을 수립해 막대한 석유자본을 기반으로 빠른 건설 계획을 실천하기에 이르렀다.

그러다 보니 부족한 노동력을 해외로부터 조달 흡수하는 계기가 되었다. 중동 산유국의 외국인 노동자 수는 턱없이 부족했다. 건설업에 종사할 단순노무직 노동자와 기능공이 절대적으로 부족하여지자 해외로 손을 뻗었다. 우리나라도 중동 인력 진출이 빠르게 늘어날 수밖에 없었다. 우리에게도 절호의 기회이긴 하지만 사계절이 있는 우리나라 국민이 그 뜨거운 나라에서 견딜 수 있을까 걱정스럽다. 중동 건설 붐이 일어나자 중동경제협력위원회를 구성했다.

그리고 차관을 위원장으로 하는 중동경제협력실무위원회를 두고 또 전담반을 15개 부처에 관련 업무를 하게 했다. 노동청(현 고용노동부)은 증가하는 해외 노동 인력을 종합적이고 체계적으로 관리하기 위해서 해외 근로국을 설치해서 관리하도록 하였으며 아라비아

반도와 걸프만을 넘어 세계 곳곳에 우리나라 국민이 진출했다.

정부는 유럽 및 미국 시장으로 한국 기업의 진출을 독려했다. 해외 지사를 설립하는 기업에 지원금을 제공하였고, 3백만 달러 이상 수출하는 회사는 해외 지사를 설치했다. 중동 건설 붐으로 중동에 진출했던 한국인 노동자는 1년 단위로 계약하였다. 이역만리 열사의 땅에서 큰 고생을 할 수밖에 없었지만, 가난으로부터 탈출을 꿈꾸는 젊은 남성들은 중동 파견에 앞다투어 지원했다.

1975년 기준으로 국내 건설 취업자와 해외 건설 취업자의 급여는 무려 3.65배나 차이가 났기 때문이다. 약 1년간 중동에서 근무하고 고국으로 돌아오면 점포 마련, 채무 청산, 결혼자금 마련 등을 할 수 있었기 때문이었다. 대부분 기능공에게 연차 휴가, 퇴직금은 없었고, 현지에서 직무와 관계없는 일을 맡기도 했지만, 단기간 많은 돈을 벌기 위해 그들은 앞다투어 지원해왔다.

사우디 땅에 쏟은 땀

사우디아라비아 파견 근로자 모집

월급: 국내의 5배

계약 기간: 2년

부산항을 떠나는 배에는 젊은 얼굴보다 굳은 얼굴이 많았다. 어떤 사람은 농사를 두고 왔고 어떤 사람은 공장을 두고 왔고 어떤 사람은 빚에 쫓겨 부두로 왔다. 모두 노동력을 팔러 가는 사람들이었다. 선실이 비좁도록 사람이 많았고 바다에는 파도가 입을 벌리고 넘실거렸다. 라디오에서는 *중동 건설 붐*이라는 말이 까불까불 철없이 흘러나왔다. 그 말은 희망처럼 들렸지만 실은 가난을 중동에 팔아 부를 사 오려는 개인의 계산이었다.

1975년 여름, 사우디

사막은 한 번도 겪어보지 못한 사람들에게 위협이었다. 태양은 톱날처럼 흰 이빨을 드러내며 슥살슥살 몸을 익혀 바비큐라도 만들려는 작정인지 활활 타며 뜨겁게 달려왔다. 모래는 폐 속으로 자꾸만 덤벼들었다. 정오인데도 기온은 45도를 넘었다. 그들은 새벽 5시에 일어나 해가 지기 전까지 콘크리트를 부었다. 물은 제한되어 마음 놓고 마실 수가 없었다. 화장실 역시 멀리 떨어져 숨이 막히도록 달려가야 했고 안전모는 쇳덩이가 달구어진 것처럼 뜨거웠다. 현장 감독은 영어로 소리를 질렀다.

알아들을 수도 없는 사투리 같은 영어다. 통역이 바로 하는지 말을 보태는지 줄이는지조차 신경 쓰지 못하도록 더웠다. 한 달이 지나자 손바닥은 완전히 굳은살이 굳어 남의 살 같았다. 그렇게 힘든 일도 조국의 부모님을 생각하며 아내를 생각하며 자식을 생각하며 위로로 삼았다. 그러나 버티는 것도 잠시였다. 더위에 동료가 쓰러지거나 현장에 사고가 나서 트럭에 시신이 실려 나갈 때 더위보다 더한 무엇이 숨통을 틀어막았다.

사막에서는 죽음도 삶의 한 부분일 뿐이었다. 그러나 월급은 정확하게 국내의 다섯 배로 매달 고국에 송금할 수 있어 이를 물고 버텼다. 고향 집에서 온 편지에 초가지붕을 걷어내고 슬레이트 지붕을 얹고 동생 학비를 내고 빚을 갚고 부모님 병원비를 내고 일을 할 수 있는 힘을 봉투에 담아 보내왔다. 라디오에서는 *중동 건설 붐으로 외화가 우리나라에 유입되고 있습니다.* 라는 말이 간간이 들려오고 그 말에 다시 힘을 내기도 했다.

2년 계약을 마치고 돌아온 사람들은 자신들의 삶이 좋아진 것에 놀라고 가족들이 더 좋아진 환경에서 생활할 수 있음에 그간의 열기와 싸웠던 자신이 뿌듯해지기도 했다. 뉴스에서는 *수출 100억 달러를 달성했다.* 는 말이 흘러나왔다. 지금도 중동에서 돌아오지 않은 옆집에서는 지붕에서 망치 소리가 났다. 초가지붕을 걷어내고 비가 와도 새지 않고 눈이 와도 끄떡없고 바람이 불어도 끄떡하지 않을 슬레이트가 지붕으로 올라가고 있었다. 마루에 앉아 이웃에 지붕 올라가는 것을 보아도 뿌듯하고 기분이 좋았다.

중동으로 가기 전 동네 구멍가게에는 외상장부가 따로 있었다.

그런데 그 외상장부에는 붉은 줄이 사라지고 없었다. 부자가 된 것 같았다. 중동에서 돌아온 사람들은 자신들이 중동 사막에서 파온 흙이 돈이 아니라 삶의 풍요라는 생각이 들었다. 비바람도 추위도 두렵지 않은 집, 불을 켤 수 있는 방, 외상장부를 들여다보며 걱정하지 않아도 되는 여유를 손에 들고 귀국한 거라는 생각이 들었다.

마을회관 앞에는 초록색 새마을 깃발에 노란 싹이 파릇파릇 돋으며 휘날리고 있었다. 여자들은 돌을 나르고 노인들은 흙을 고르고 아이들은 길가에 꽃을 심으며 회관에는 새마을 노래와 잘살아보자는 노래가 멈추지 않고 눈만 뜨면 흘러나왔다. 노래에 맞추어 모두 열심히 노력하는 모습에 우리나라도 곧 부자가 되겠구나 하는 생각을 했다. 중동에서는 느껴보지 못한 조국의 모습이었다. 2년 동안 고생하고 돌아온 사람들은 조국도 엄청나게 변했다는 생각을 하며 조국이 있고 가족이 있어 행복함을 느꼈다.

1977년 1월 1일

국민소득이 20배 가까이 늘어서 1600달러가 되었고 수출 100억 달러를 넘었다. 나는 아내 생각이 밀물처럼 밀려들었다. 아내 산소에 찾아가 말했다. '임자 이제야 좀 살 만해졌소.' 아내가 대답했다.

‘모두가 온 국민이 새벽부터 밤늦게까지 일하며 우리도 한번 잘살아보자는 희망과 자부심을 품었기 때문에 가능한 것이었으니 모든 국민의 피와 땀으로 이룩한 것이지요. 이것은 기적입니다’

나는 아무 말도 못 하고 멍하게 있다가 집으로 돌아왔다. 그리고 아내가 없어 적적함을 잊기 위해 내가 결심한 것들을 적어놓은 일기장을 읽어 보았다.

* 내 一生 祖國과 民族을 爲하여

* 소박하고, 근면하고, 정직하고, 성실한 서민사회가 바탕이 된, ‘자주 독립된 한국의 창건’ 그것이 나의 소망의 전부다.
  어떤 사람은 자기가 대통령에 당선되면 큰 잔치를 베풀고 금시 국민을 호강시켜 줄 것같이 말하고 있지만, 그것은 다 하루 잘 먹고 아흐레는 굶어도 좋다는 생각을 하는 사람들의 말이다.

* 우리가 진실로 두려워해야 할 것은 목전의 경제적 시련과 고난이 아니며, 이 시련과 고난 앞에 굴복하려는 실의와 체념인 것이다.

* 관록보다는 의욕과 능력을, 경력보다는 창의와 실천력을 더욱 존중하는 행정의 새 시대가 이제 왔다.

* 한 치의 앞도 내다보지 못하는 단견과 아무런 계획이나 한 가
  지 실천도 없이 덮어놓고, 헐뜯고, 불평하는 비생산적인 정신
  적 자세를 바로잡지 않고서 '번영이다, 발전이다, 조국의 근대
  화다'라고 하는 말은 한낱 공염불에 그치고 만다는 것을 나는
  단언하지 않을 수 없다.

* 농사는 하늘이 지어 주는 것이 아니라 인간의 지혜와 노력으
  로서 짓는 것이다.

* 바르게 알도록 하고, 바르게 판단하도록 하고, 바르게 행동하
  도록 하는 무거운 책임이 바로 우리 언론에 있다.

* 100가지 중에서 하나라도 가능성이 있다면 거기에 대해서 그
  야말로 만전을 기하는 것 이것이 국방이다.

* 시대와 환경의 변천에 관계없이 노동은 인간이 가진 가장 근
  원적인 생활 무기이다. 자유는 그것을 위해 투쟁하는 자의 것
  이며, 평화는 그것을 지킬 수 있는 자의 것이다.

* 역사는 언제나 난관을 극복하려는 의지와 용기가 있는 국민
  에게 발전과 영광을 안겨다 주었다. 하나의 발전은 보다 큰 발

전을 위한 밑거름이 되어야 하며, 오늘의 기쁨은 내일의 영광을 위한 분발의 계기가 되어야 할 것이다.

* 문화와 예술은 한 민족 한 국가의 발전과 번영을 뒷받침하는 정신적 지주인 것이며, 국력 신장의 원동력인 것이다.

* 오늘날 많은 외국인은 '한국에 기적이 일어나고 있다,'고 말한다. 그러나 그것은 결코 기적이 아니다. 그것은 실로 잘살아보겠다는 의욕과 희망을 품고 인내와 용기로써 온갖 역경과 난관을 이겨낸 우리 국민들의 근면과 검소, 저축의 결정이었다.

* 우리의 후손들이 오늘에 사는 우리 세대가 그들을 위해 무엇을 했고 조국을 위해 어떠한 일을 했느냐고 물을 때 우리는 서슴지 않고 조국 근대화의 신앙을 가지고 일하고 또 일했다고 떳떳하게 대답할 수 있게 해야 한다.

* 통일을 안 했으면 안 했지, 우리는 공산식으로 통일은 못 하겠다. 통일된 연후에 북한 땅에다가 자유민주주의의 씨를 심을 수 있는 민주적인 통일을 하자는 것이다.

* 역사는 언제나 난관을 극복하려는 의지와 용기가 있는 국민

에게 발전과 번영의 영광을 안겨다 주었다.

* 우리에게 지금 가장 소중한 것은 시간이다. 선진국에 1세기 뒤
떨어진 것을 우리는 앞으로 10년 이내에 회복하자는 것이다.
이것이 불가능하다고 포기하는 사람에게는 앞으로 1세기를
지나도 불가능할 것이다. 가능하다고 자신과 신념을 가진 사
람에게는 반드시 가능한 일이다. 우리는 가난한 조국의 현실
을 우리들 조상의 잘못이라고 원망한 때가 있었다. 그러나 이
제 우리는 우리의 조상을 원망하기에 앞서서, 우리 후손들에
게 우리 자신이 원망 듣는 조상이 되지 않아야 할 것이다. 이
세대는 모든 책임이 전적으로 우리들에게 있기 때문이다. 아
무리 방대한 국력을 자랑하는 나라라고 하더라도 그 국민이
안일과 태평 속에 연약해지고 방종에 흐를 때는 조만간 세계
사의 무대에서 후퇴하지 않을 수 없게 될 것이다. 평시에 땀을
많이 흘리면 전시에 피를 적게 흘린다는 말이 있다. 따라서 여
러분들은 전시나 평시를 막론하고 항상 연구하고 공부하는
수련의 노력을 다해 주기 바란다.

* 무방비 상태의 자유는 침략과 압제를 자초하는 법이며 힘이
없는 정의는 불의의 노예가 되고 마는 것이다.

* 우리는 죽을 수는 없다. 나도 살아야 하고, 너도 살아야 하고, 우리 민족도 살아야 하고, 조국도 살아야 한다. 살기 위해서는 죽음을 각오하고 싸우는 길밖에는 없다.

* 우리나라는 다른 나라에 비하여 적어도 일세기라는 시간을 잃었다. 이제 더 잃을 시간의 여유가 없다. 남이 한 가지 일을 할 때 우리는 열 가지 일을 해야 하겠고 남이 쉴 때 우리는 행동하고 실천해야 하겠다.

* 우리는 전통문화의 가치 있고 품위 있는 밝은 면을 찾아내어 그 속에 숨어 있는 민족의 예지와 긍지를 최대한으로 계발하고 문화적 자주성을 견고히 지키고 꿋꿋한 정신문화의 전통을 계승 및 발전시켜야 한다. 온고지신의 정신으로 우리의 빛나는 민족문화와 역사적 전통을 자손만대까지 길이 빛내자는 것이다.

* 우리는 자유 민주 체제보다 더 훌륭한 제도를 아직 갖지 못했다. 그러나 아무리 훌륭한 제도라 하더라도 이를 지킬 수 있는 능력이 없을 때에는 이 민주 제도처럼 취약한 제도도 또한 없는 것이다. 이제 우리는 절망 속에서 희망을 되찾았고, 체념 속에서 의욕을 일깨웠으며, 불안 속에서 자신을 얻었다. 우리의

이 희망, 이 의욕, 그리고 이 자신이야말로 민족의 생동하는 정신자원인 것이며, 바로 여기에 조국의 앞날을 밝히는 빛이 있고, 길이 있는 것이다.

희대미문(稀代未聞)의 영웅

40

* 누구나가 불가능하다고 체념해 버렸던 그 어려운 일들을 우리는 스스로의 힘으로 거뜬히 성취시켰고, '하면 된다.'는 인간 의지의 승리를 역사 앞에 실증했다. 10년 성장의 힘겨운 과정에서 우리는 드디어 잠자던 민족의 얼을 일깨우고, 묻혔던 민족의 저력을 개발한 것이다. 유구한 반만년 역사를 통틀어 이처럼 희망과 의욕과 자신과 긍지와 생명력이 생동한 때가 과연 몇 번이나 있었을까?

우리나라는 다른 나라에 비하여 적어도 1세기라는 시간을 잃었다. 이제 더 잃을 시간의 여유가 없다. 남이 한 가지 일을 할 때 우리는 열 가지 일을 해야 하겠고 남이 쉴 때 우리는 행동하고 실천해야 해야겠다.

* 북한 위정자들이 우리와 핏줄이 같다고 생각하는 것은 오산
이다. 술을 마실 때에도 상대방이 공산당이라는 사실을 잊지
마라.

* 국민의 과학화란 무엇이냐, 우리는 과학 하면 흔히들 연구실과
정밀한 고급 기기만을 연상하게 되지만, 여기서 말하는 과학화
는 반드시 그것만을 뜻하는 것은 아니다. 그보다는 오히려 사
고방식과 생활 습성을 과학화해서, 비록 간단하고 초보적인 과
학지식이라 할지라도 이것을 새마을운동과 식목, 조림 사업에
유용하게 활용할 줄 아는 그러한 국민을 만들자는 것이다. 다
시 말해서, 어느 특정한 연구실에서만이 아니라, 우리 사회의
각계각층이 모두가 자기의 직종에서 생산과 직결되고 국력 배
양과 직결되는 과학 기술의 생활화를 말하는 것이다.

* 우리의 후손들이 오늘에 사는 우리 세대가 그들을 위해 무엇
을 했고 조국을 위해 어떠한 일을 했느냐고 물을 때 우리는 서
슴지 않고 조국 근대화의 신앙을 가지고 일하고 또 일했다고
떳떳하게 대답할 수 있게 해야 한다.

* 우리의 전진을 가로막는 장해가 있다면 그것은 아직도 우리 주
위에 잠재하는 수구(守舊)와 파쟁(派爭)이며, 시기와 모함이며

독선과 아집이며, 단견(短見)과 무정견(無定見) 등 전근대적이며
비생산적인 요소이다.

* 전쟁을 좋아하는 국민은 망하게 마련이지만 전쟁을 잊어버리
는 국민도 위험하다.

* 제자가 스승을 우습게 여기는 교권(敎權) 없는 학원에서 진정
한 교육은 이루어질 수 없다.

* 체육은 인간을 강건하게 만들고 규율과 질서와 협동을 존중하
는 슬기롭고 애국적인 시민을 만들어 준다. 실로 체육은 심신
을 연마하고 조화시키는 사회교육이라 하겠다.

* 한 세대의 생존은 유한하나 조국과 민족의 생명은 영원한 것.
오늘 우리 세대가 땀흘려 이룩하는 모든 조국과 민족의 생명은
영원한 것. 오늘 우리 세대가 땀흘려 이룩하는 모든 것이 결코
오늘을 잘 살고자 함이 아니요. 이를 내일의 세대 앞에 물려주
어 길이 보존하기 위한 것.

* 새마을정신이란 자조(自助)와 협동 정신이다. 내 힘으로 잘살아
보자! (새마을운동 정신)

* 천하수안 망전필위(天下雖安 忘戰必危) (천하가 평안해도 전쟁을 잊
  으면 반드시 위기가 온다.)

* 우리는 중국 문화의 영향을 많이 받긴 했지마는, 중국 문화와
  한국 문화는 엄연히 구별되고, 우리 문화는 중국 문화와는 엄
  연히 다른 독창성을 가지고 있는 문화라고 자부한다. 최근 우
  리 사회에서 민족문화의 재발견이라는 이야기가 자주 나온다.
  이것은 우리 문화의 자주성과 독창성이 점차 퇴색해 가는 데
  대한 하나의 경종이라고 나는 본다. 이것은 결코 우리가 외래
  문화를 무조건 배격하자는, 배타성을 뜻하는 것은 아니다. 외
  래문화를 무조건 배격하는 것은 우리 문화 자체의 활달성이 없
  어지고, 우리 문화가 옹졸해지고, 발전성이 없어진다고 본다.

* 나는 물론 인간인 이상 나라를 다스리는 데 시행착오가 없지
  않았다. 그러나 나는 당대의 인기를 얻기 위해서 일하지 않았
  고, 후세 사가(史家)들이 어떻게 기록할 것인가를 항상 염두에
  두고 일해 왔다. 그리고 '어떻게 하면 우리도 다른 나라 부럽지
  않게 떳떳이 잘 살 수 있을까?' 하는 생각이 머리에서 떠난 일
  이 없다.

* '사람은 자연 보호, 자연은 사람 보호' 참 재미있고 적절한 표현

이라고 본다. 사람이 자연을 잘 보호하면 자연도 사람을 잘 보호해 준다. 그러나, 사람이 자연을 함부로 파괴하고 훼손하면 자연은 인간에 대해서 무서운 보복을 하는 것이다.

* 온 국민의 집념과 땀이 어린 이 보람찬 중흥의 창업 도정에서, 개발의 60년대와 약진의 70년대에 쌓아 올린 빛나는 금자탑이 있기에 내일의 우리에게는 부강한 선진 한국의 웅장하고도 자랑스러운 모습이 뚜렷이 떠오르고 있다.

1978년 12월 27일 9대 대통령 취임사

친애하는 5천만 동포 여러분! 그리고 내외 귀빈 여러분!
대망의 80년대를 눈앞에 바라보면서 역사의 새 장이 펼쳐지는 이 순간에 우리는 민족 웅비의 부푼 꿈과 새로운 결의를 다짐하며 오늘 이 자리에 모였습니다.

온 국민의 집념과 땀이 어린 이 보람찬 중흥의 창업 도정에서, 개발의 60년대와 약진의 70년대에 쌓아 올린 빛나는 금자탑이 있기에 내일의 우리에게는 부강한 선진 한국의 웅장하고도 자랑스러운 모습이 뚜렷이 떠오르고 있습니다.

그러므로, 지금부터 우리가 도전하는 80년대는 새 역사 창조를 향한 자신과 긍지에 가득 찬 웅비의 시대가 될 것입니다. 다가오는 연대야말로 기필코 고도 산업 국가를 이룩하여 당당히 선진국 대열에 참여하고, 번영과 풍요 속에서도 인정과 의리가 넘치는 복지 사회를 이룩해야 할 시기입니다. 이제까지 축적된 민족의 힘과 슬기를 유감없이 발휘하여 우리 역사상 다시 한번 민족문화의 개화기를 맞이하는 위대한 연대가 되어야 하겠습니다.

그리하여, 우리의 숙원인 조국의 평화적 통일에 획기적인 진전을 성취함으로써 유구한 역사 속에 연면히 이어온 민족사의 정통성을 드높이고 평화와 안정과 번영을 향한 인류 역사의 진운에 적극 이바지해야 하겠습니다.

이처럼 장엄한 민족사의 분수령에서 제9대 대통령의 무거운 책무를 맡게 되어, 이 시대를 함께 사는 온 국민과 더불어 항상 고락을 같이하면서, 우리 세대에게 주어진 엄숙한 소명을 받들어 헌신할 것을 조국과 민족 앞에 굳게 맹세하는 바입니다.

국민 여러분!

어느 국가든, 그 국가가 지향하는 목표가 뚜렷하고 이상이 원대하며, 이를 성취하겠다는 국민의 강인한 의지와 단합된 힘이 있어야만 융성할 수 있습니다.

이것은 엄연한 역사의 진리입니다.

돌이켜보면 6·25 동란 후 빈곤과 침체, 체념과 무기력 속에서 헤어나지 못하고 있던 우리는 60년대 초 용감하게 뛰고 뛰어 기사회생의 전기를 잡고 일어났습니다.

국정의 모든 면에서 차츰 활기와 질서를 되찾으면서 자력갱생의 뚜렷한 목표를 세워 힘찬 발걸음을 재촉해 왔습니다.

우리도 남부럽지 않게 떳떳이 잘살아보겠다는 불굴의 집념과 의지, 그리고 사랑하는 후손들에게 길이 보람된 유산을 물려주어야겠다는 투철한 사명감으로 우리는 땀 흘려 일하고 또 일해 왔습니다.

지난 10여 년 동안에 우리 사회에는 엄청난 변혁을 가져왔습니다. 상전벽해의 기적이 일어났습니다. 조국 근대화를 위한 민족의 대행진은 지금, 이 순간에도 힘차게 계속되고 있습니다. 60년대 초까지만 하더라도 전통적인 농경 사회였던 우리나라가 이제 중화학 공업 국가로부터 다시 고도 산업 사회로 이행해 가고 있습니다.

일상 생활용품까지 우방의 원조에만 의존하던 우리 경제가 이제 거의 자립 단계로 도달했고, 소총 한 자루 우리 손으로 만들지 못하던 우리나라 방위 산업이 이제 국산 장거리 유도탄 시대의 막을 열게 되었습니다.

70년대 초부터 우리나라 농촌에서 바람이 불기 시작한 새마을 운동은, 그동안 온 국민이 근면·자조·협동의 정신 혁명을 수행하고, 유신적 국정 개혁으로 국민 총화와 능률의 극대화를 이룩하여 국력 배양을 가속화 할 수 있는 확고한 기틀을 마련하였습니다. 우리 대한민국은 한민족의 엄청난 저력을 바탕으로 세계에서 그 유래를 찾아보기 어려운 고도성장을 거듭하여 자립 경제와 자주 국방의 터전을 굳게 다지면서 바야흐로 세계 속의 한국으로 등장하게 된 것입니다.

이제 우리의 국력은 북한을 제압하게 되었습니다. 조용히, 오늘이 있기까지 우리들이 걸어온 고난과 시련의 도정을 뒤돌아볼 때 참으로 만강의 감회를 누를 수가 없습니다. 이 위대한 한국민의 발자취에 대하여 나는 무한한 긍지를 느끼면서 국민 여러분에게 뜨거운 치하와 감사를 드리고자 합니다.

국민 여러분!

지금부터 우리가 가야 할 앞길도 결코 순탄한 것만은 아닐 것입니다. 열강의 움직임은 더욱 다양하고 복잡한 국제 권력 정치의 유동성을 드러내고 있습니다. 세계 여러 곳에서는 새로운 분규와 충돌의 불씨가 가시지 않고 있으며, 한반도의 주변 정세에도 미묘한 변화와 더불어 새로운 시련을 예감케 하는 바 있습니다. 우리의 국제적 지위가 높아지고 국력이 세계로 뻗어감에 따라 무역, 자원 문제 등 국제 경쟁 면에서 새로운 장벽과 도전이 우리 앞에 나타날 것입니다. 그뿐만 아니라, 국민 생활이 향상될수록 국민들의 기대 수준은 이에 비례하여 급격히 상승할 것입니다.

그러나, 우리는 스스로 이를 조절할 줄 알아야 하고 우리 마음 속에 싹트기 쉬운 자만과 안일과 사치와 낭비 등 우리 내부의 도전에도 과감하게 싸워서 이길 수 있는 슬기와 용기가 있어야 하겠습니다.

우리에게는 잠시의 방심도 허용될 수 없으며, 하물며 주변 정세에 대한 아전인수격인 안이한 관측은 금물입니다.

그 어떤 변화의 소용돌이 속에서도 필경 우리의 운명을 결정할 주인은 바로 우리들 자신이란 것, 이것을 잊지 맙시다.

의젓한 한국민의 자주성과 국력을 바탕으로 내외 정세의 어떠한 변화와 도전에도 능동적으로 적응하고 여유 있게 대처해 나가면서, 세계 모든 나라와 평화와 번영을 추구하는 데 그들과 더불어 협력해 나갈 것입니다.

돌이켜보면, 우리 선조들은 거듭된 국난에도 굴하지 않고 도리어 이를 분발과 약진의 발판으로 삼아 불사조처럼 떨치고 일어났습니다.

통일 신라나 세종대왕 때와 같이 국운이 융성하고 민족의 기상이 드높았던 시대를 자랑스러이 회상할 수 있습니다.

우리에게는 역사와 전통과 문화의 뿌리가 있습니다. 지금 우리는 민족중흥을 구현하기 위하여 이 시대를 살고 있는 것입니다. 그러므로, 나는 우리의 중요 정책 지표를 앞으로도 계속 완전 자립 경제의 달성, 자주국방 태세의 확립, 사회 개발의 확충, 정신문화의 계발에 두고 온 국민과 더불어 총력을 기울여 나가고자 합니다.

또한, 나는 분단된 국토를 평화적으로 통일하여 민족중흥의 새 역사를 창조하는 데 신명을 바칠 것입니다.

국민 여러분!

이제 우리는 그동안 이룩한 발전의 여세를 몰아 하루빨리 부국강병의 기틀을 반석같이 다져야 하겠습니다.

자립 경제와 자주국방은 자주성 확립의 기초인 동시에 평화와 번영의 기반입니다. 우리는 중화학공업을 바탕으로 한 고도 산업 사회를 건설하고 과학 기술을 세계 수준으로 끌어올리기 위하여 고급 두뇌 배출을 위한 교육에 가일층 힘을 쓰는 한편, 도시와 농촌이 균형 있게 발전할 수 있도록 박차를 가해 나갈 것입니다.

또한, 온 국민의 투철한 호국 정신과 적극적인 협조로 철통같은 총력안보 태세를 확립하고, 날로 발전하는 방위 산업으로 명실공히 자주국방을 실현할 것입니다. 전래의 미풍인 근면·협동을 바탕으로 부지런하고 성실하게 사는 사람이 우대를 받고 보람을 누릴 수 있게 하며, 저마다 자질과 능력을 살릴 수 있도록 사회 개발 정책을 계속 확충해 나갈 것입니다.

그리하여, 모든 국민이 밝고 보람찬 생활 환경에서 고루 잘 살 수 있게 만드는 것이야말로 우리가 추구하고 있는 국민 생활의 미래상입니다. 건전한 국가와 건전한 사회의 기본이 되는 것은 역시 건전한 국민정신과 사회 기강의 확립입니다.

조상이 물려준 문화 전통과 정신 유산을 알뜰히 보전하고 창조적으로 계발하여 격조 높은 민족문화를 꽃피우는 데도 역시 건전한 사회가 바탕이 되어야 하겠습니다. 수려한 금수강산의 보금자리에서 우리 모두가 풍요하고 품위 있는 사회를 건설하는 것은 후손 대대에 물려 줄 자랑스러운 유산일 뿐 아니라 인류 공영에도 이바지하는 길이 되는 것입니다.

이 벅찬 과업들을 성공적으로 추진해 나가기 위해서는 질서 있는 자유의 바탕 위에 우리 문제 해결에 효율적인 정치 제도를 착실하게 다지면서 발전시켜 나가야 합니다. 각계각층의 국민들이 저마다 창의와 헌신으로 국가 발전에 적극적으로 참여하는 깨끗하고 생산적인 민간정치가 국민 생활 속에 뿌리내리도록 더욱 힘써야 하겠습니다.

내외 동포 여러분!

우리의 국력이 모든 분야에서 이만큼 신장했고, 또한 앞으로 중단없이 전진할 방향과 목표가 뚜렷한 이상 민족적 숙원인 조국의 통일 문제도 필연코 새로운 국면을 맞이하게 될 것을 나는 믿어 의심치 않습니다.

결국은 북한 측이 우리의 제의를 받아들여 대화의 자리에 나오지 않을 수 없을 것입니다. 도도히 흐르는 민족사의 주류에서 볼 때, 한때의 외래적 이단에 불과한 북한 공산주의자들이 언제까지나 5천만 겨레의 한결같은 소망을 거역하고 방해할 수는 없을 것입니다. 우리가 그동안 참기 어려운 일들을 수없이 견뎌내면서 와신상담 힘을 길러 온 것도 벌써 30여 년을 남북으로 분단된 채 살아온 겨레의 한을 하루라도 앞당겨 풀어보자는 일념에서입니다.

나는 북한 측에 대화의 문을 언제나 열어 놓고 기다리면서, 한편으로는 우리의 막강한 국력 배양만이 평화 통일의 지름길임을 확신하고, 이를 위해 앞으로도 온갖 노력을 꾸준히 기울어 나갈 것을 거듭 다짐하는 바입니다.

그리하여, 우리는 기필코 이 땅에서 전쟁의 그림자를 몰아내고 평화를 굳건히 정착시켜 통일 조국 구현을 위한 획기적인 연대를 맞이해야 하겠습니다.

친애하는 국민 여러분!

나는 유구한 민족사에서 오늘이 차지하는 위치를 지켜보면서, 영광된 민족의 대행진을 이끌어 나갈 엄숙하고도 막중한 책임을 절감하며, 다시금 온 국민의 아낌없는 협조와 분발을 당부하고자 합니다.

불과 수년 전 우리가 체제를 정비하여 세계적인 유류 파동과 인도지나 반도가 적화된 직후의 위기를 슬기롭게 극복했던 굳센 단결의 교훈을 결코 잊어서는 안 됩니다.

우리 모두 방방곡곡에 세차게 메아리치는 개혁과 창조와 전진의 우렁찬 발걸음을 더욱 재촉하면서, 격동과 시련을 겪고 있는 오늘의 세계 속에서 한민족의 찬연한 횃불을 밝힙시다.

연설문을 쓰는데 왜 다른 때와 달리 마지막인 것 같은 예감이 들까? 자꾸만 아내가 없는 곳에서 쓴다는 부담감 때문인지도 모른다. 창밖에 바람이 왜 이리 서글픈 소리로 윙윙 우는지. 애초 원인을 알 수 없는 슬픔이 자꾸만 가슴속으로 파고든다.
지나온 시간들을 한 장 한 장 넘겨보며 슬픔을 달래볼까 한다.

북한은 겉으로는 평화를 외치고 속으로는 적화 통일을 추진하고 있다는 생각이 든다. 7.4 성명 이후 남북관계를 평온기로 착각하게 해놓고 속으로 자신들의 남침 야욕을 꾸미고 있다. 7.4 성명 1주년인 1973년 여름 북한은 더욱 노골적으로 남한에 대해 위협을 주며 유엔 동시 가입을 추진하자 여기에 대한 답은 한반도 분단을 고착시키고 있다고 하는 맹비난이다.

기어이 1974년 아내를 피살하고 전면전에 가까울 만큼 대남도발을 해왔다. 휴전선 남침용 땅굴 발견 사건, 판문점 도끼 만행 사건 외에도 휴전선을 포함한 육상, 해상에서 무수한 총격전이 벌어진 비상전시상황을 방불하게 했다. 남북관계가 최고조로 들어가고 있는 1975년 베트남 공화국의 붕괴는 엄청난 충격이다.

제3차 경제 개발 5개년 계획(1972~1977)이 추진된 기간으로 3차 계획은 이전 1, 2차 계획과 달리 외국 경제고문단의 자문 없이 한국 정부가 독자적으로 수립한 첫 5개년 계획이였다. 이 기간부터 나는 미국과 국제사회의 제안에 역행하며 거의 전시동원체제에 가까운 수출주도 중화학 공업화를 추진할 수밖에 없었다. 나라를 살려놓고 봐야만 했다. 1970년대 동안 본격적으로 산업과 수출구조는 노동집약적인 경공업에서 기술집약적 중화학공업으로 전환되기까지 나는 밤낮없이 뛰었다.

1972년 들어 한국경제의 성장을 견인한 경공업 수출만으로는 더 이상 고도성장을 지속할 수 없다고 판단한다. 이는 옷, 합판, 신발, 가발 등의 품목들이었는데 이 같은 수익이 별로 남지 않는 품목들로서는 성장 동력의 전망이 분명치 않았다. 이해 5월 청와대 집무실에서 오원철 당시 경제담당 수석 비서관에게 100억 달러 수출이 가능한지 물었다. 오원철은 1950년대 일본이 중화학공업을 육성한 덕분에, 100억 달러 수출을 이루었다고 했다. 그에 관한 보고서를 작성, 제2 비서실 주축으로 중화학 공업화에 중점을 둔 3차 계획을 수립해 실행하게 했다.

　각종 수출입 정책을 주도했다. 물론 미국식 비교 생산비설을 입각해서 했지만. 경제기획은 전폭적인 중화학 공업화에 투자에 회의적 입장을 보였다. 회의적이면 절반의 성공에도 다다르지 못하기에 차츰 경제기획원의 영향력 축소와 함께 일정 부분의 교체를 하기도 했다. 그러나 경제는 긍정적인 마인드를 가진 나의 측근들을 새롭게 중용한 학파와 관료들을 주축으로 1970년대 동안 중화학공업 중심의 새로운 수출주도형 경제 모델을 강력하게 밀어붙여 대한국의 경제 개발을 주도했다.

　철강, 비철금속, 기계, 조선, 전자, 화학을 6대 전략 업종을 선정해 투자했다. 앞으로 5년 정도 이 분야에 90억 달러 정도를 투자할 계획이다. 1981년까지 전체 공업 비중에서 중공업 비중을 51%로 늘리고 1인당 국민소득 1000달러, 수출 100억 달러 달성한다는 중화학공업 육성계획을 발표했다. 이를 위해 1974년 3월 산업단지 개발 지정 구역과 개발 계획을 발표했고 일시적으로 60년대 동안 대규모 토목공사로 기술과 비법을 쌓은 한국수자원공사를 일시적으로 산업기지개발공사로 확장하여 본격적인 대규모 중화학 단지 건설을 추진해 왔다.

포항(철강), 울산(조선, 석유화학), 여수(석유화학), 거제(조선), 창원 (기계), 온산(비금속), 구미(전자)에 업종별로 산업단지가 저마다 각자의 모습과 필요로 제 기능을 다하며 반듯하게 자리 잡고 있다. 영일만에서 광양만까지 믿어지지 않을 만큼의 공업지역이 그 모습을 당당하게 뽑내며 근로자들에게는 일자리를 만들었다. 앞으로 국내 최대의 제조업 단지로서 한국경제의 한 축을 담당할 것을 믿는다.

희대미문(稀代未聞)의 영웅

41

석유 파동이 발생해 물가상승률이 8배 이상 치솟았다. 미친년 널뛰기처럼 치솟는 물가며 갈수록 그늘 속으로 움츠러드는 국제 정세도 방어할 힘이 아직은 없다. 1974년 원유 도입값이 3배 이상 폭등했다. 안 그래도 가난한 나라에 무역적자까지 발생해 부도 위기에 처했다. 그렇다고 이대로 주저앉아 울 수도 없다. 대통령의 자리란 내 목숨을 실 파람처럼 꺼내서라도 국민이 어려움을 꿰매야 하는 자리인 것이다.

경제가 좋을 때야 모두 자신들이 좋다는 것 외에는 누구 덕분인가는 생각하지 않지만, 경제가 안 좋아지면 모든 탓은 정부 탓으로 돌리는 것이 민심이다. 그러나 내게는 민심이 무서운 건 문제가 되지 않는다, 다만 이 위기에 나라를 어떻게 잘 경영해서 반석 위에 올려놓을 수 있을지 그것만이 내 숙제일 뿐이다. 그래, 일단 대출을 해서 적자를 막을 수 있고 다행스럽게도 중동지역에 우리나라 인력을 투자할 수 있는 건설업이 성하고 있다.

그렇게 노동 인력을 그 물설고 낯선 타향의 외지 건설 현장으로 보내는 일은 가슴이 아프다. 그렇지만 그렇게 하지 않고는 버틸 방법이 없다. 그래서 미안하지만 정말 미안하지만, 우리나라 근로자들과 기업들이 중동에 진출하여 바람에 오일달러를 벌어들이는 바람에 위기를 넘겼다. 하늘이 도왔다는 생각을 한다. 그 덕분에 1975년 3분기부터 수출 신장세를 보였다. 그 여파로 경제가 상승세를 보이며 고도의 성장으로 되돌아갔다.

고향을 찾은 듯 기쁨이 찾아왔다. 중동진출로 인한 건설 수익과 중공업의 수출이 갈수록 늘어났다. 덕분에 국내의 왕성한 설비투자와 소비의 증가가 폭발적으로 일어났다. 건국 이래 사상 최대의 호황이란 이름이 별빛처럼 반짝였다. 나라의 미래에 푸른 신호들이 반짝이며 달리고 또 달리더니 우리나라는 1976년 세계 19위의 무역국에 올라섰다. 그러더니 1977년에는 1인당 GDP 1,000달러 고지에 태극기를 꽂아 하늘 높이 자랑스럽게 펄럭였다. 수출 100억 달러라는 깃발은 하늘 높은 줄 모르고 휘날렸다.

대한민국도 드디어 소득 수준에 있어 중진국에 돌입하는 자랑스러움을 세계만방에 휘날리게 되었다. 물론 중화학공업에 있어 기술, 제품 등의 해외 의존율은 높아 앞으로는 독자적인 우리의 기술과 우리가 개발한 제품을 수출하여야 하는 숙제는 있지만, 숙제를 쉽게 풀 수 있다는 자신감을 가질 수 있었다.

1970년대 단기간에 성공한 중공업화는 선진 열강들이 50년~100년에 걸쳐 이루어진 기간이었다. 우리나라 제조업 성장률은 연간 20%에 1979년 전체 제조업 비중에서 중공업 비중은 54%를 달성하는 믿을 수 없는 일이 꽃피었다. 공산품 수출에서 중화학 제품의 비중은 48%를 차지하여 우리는 앞으로 우리 힘으로 무엇이든지 할 수 있다는 자신감을 가지게 되었다.

1970년대에 들어서는 가장 기본적인 농촌을 돌아다보아야 했다. 본격적으로 농촌 개발에 관심을 돌리게 되었다. 이승만 국부가 기틀을 잡았지만, 농업정책은 줄곧 낮은 수매가를 유지하였다. 공업화와 농촌을 함께 개발하고 안정시켜야 하지만 고르게 한다는 게 쉽지는 않았다. 그래서 새마을운동을 제창하여, 전국에 새마을협의회를 조직하고 마을 단위에는 개발 위원회를 조직하게 했다.

각 마을에는 맞게 노력을 기울이게 하기 위한 적합한 사업을 하도록 갖가지 방법을 연구하게 했다. 그리고 그 기준에 따라 '자립마을' '자조마을' '기초마을'로 구분하여 마을마다 등급을 부여하고 농민들이 꿈을 가지고 일을 할 수 있는 조건을 제시했다. 내 전략이 맞았다.

이 기준이 제시되자 전국의 농촌은 서로서로 잘 살기 운동이 불길처럼 일어났다. 경쟁이라도 하듯 새벽부터 밤까지 모두 열심히 노력하는 것이 뚜렷하게 보였다. 이런 생각에 불이 붙었을 때 활활 기름을 부어 농촌이 부농이 되도록 해야겠다는 생각을 하고 여기에 맞춰 정부에서 조건에 걸맞은 마을에 시멘트, 철근 등을 최우선으로 보급하였다. 그렇게 보급받은 마을 농민들은 신바람이 났고 달성하지 못한 마을에는 보조를 중단하는 차별적 지원정책에 서로가 더 많은 지원을 받으려고 힘쓰는 모습이었다.

이것은 전국적으로 경쟁 붐이 일어나게 만들었다. 새마을운동의 힘은 활활 잘도 타올랐다. 그 결과 가난에 허덕이며 꿈을 잃고 시들시들하던 농민의 마음이 시든 꽃에 물을 준 듯 고개를 번쩍 들고 일어서서 푸르게 푸르게 뻗어 나갔다. 그 결과 이 시대 경제 성장에 기대 이상의 좋은 결과를 안겨 주었다. 1978년까지 전국 농촌 마을 97%가 자립 마을이 되었다. 그리고 나머지는 자조마을이었으며, 기초마을은 하나도 없는 대단한 결과였다. 자신들 힘과 땀으로 넓힌 마을 길에는 경운기들이 통행하기 시작했다. 활기가 펄펄 날아다니며 부지런으로 길들여진 부자 농촌이 되었다.

1970년 무렵 북한보다 훨씬 열악한 환경에서 군사력도 열세를 보였다. 늘 불행은 무리를 지어 다닌다고 했던가? 엎친 데 겹쳐 미국은 주한 미군까지 철수하기 시작했다. 북한은 남한보다 무기 면에서 월등하게 앞섰다. 미군 철수는 우리나라 안보위협으로 다가왔다. 어떤 비상대책을 세우지 않고는 안된다. 우리가 6·25를 겪은 지 얼마나 되었다고 이대로 무사안일하게 대치했다가는 다시 제2의 6·25가 일어날 수도 있다.

무엇인가 대책을 세워야 한다고 한 달을 밤을 새워 연구하고 고민한 끝에 율곡사업을 시작했다. 율곡사업으로 전투력을 증강할 사업계획을 세웠다. 그 대책 역시 나라 안보에 좋은 결과를 가지고 왔다. 당시 북한의 국방비를 역전하고 1978년엔 세계 7번째 미사일 개발에 성공한 백곰을 시험 발사에 성공하기도 했다. 이제 북한에 무방비로 당할 일은 없도록 지속해서 해나갈 계획이다.

그렇게 군사력을 살피고 나니 또 서울이 너무 허름하다는 생각을 지울 수도 없었다. 그래도 수도 서울인데 너무 발전이 안 되었다는 생각에 서울 강남 개발을 본격 착수했다. 1977년 부가가치세를 도입했다. 수도 서울을 세계 수도로 만들어야 한다는 것이 내 소신이다. 경부고속도로를 닦아 교통발전을 이루었고 포항제철소를 설립해서 중화학공업의 기초, 뼈대를 만들었다.

그러니 서울을 개발해서 세계적인 도시로 만들어 한강의 기적을 보러 서울로 모여들게 해야 한다. 국내적 반발을 거슬러 국교를 정상화하고 차관을 받아서, 경제성장을 이루어내려고 노력했다. 하면 된다는 일념 하나로 무에서 유를 창조한 결과 100달러 미만이던 국민 지디피(GDP)를 1700달러까지 달성하였다. 이리하여 공업이 발달하고, 도로가 생기고 서울이 개발되고 10여 년 전만 해도 부자들이 경매로 구매하던 텔레비전은 전국 농촌 가정에도 필수품으로 자리매김한 중진국에 진입하였다. 숨 막히게 달려왔다.

나 자신이 있는지 없는지조차 모를 정도로. 아직도 미국에서 재채기하면 우리나라는 감기에 걸려야 할 만큼 무력한 존재임에 화가 난다. 어떻게 해서든 무기 강국을 만들어야 함을 절박하게 느꼈다. 미국은 선거 공약으로 우리나라에 있는 주한미군 철수를 내걸어도 아무런 반발도 못 하는 것이 우리나라 약소국의 비애다.

지미 카터 대통령은 선거 공약으로 주한 미군 완전 철수를 공약으로 내걸었다. 힘없는 우리나라를 탓해야지 미국이 우리와 피도 살도 안 섞인 나라인데 그들을 원망하는 건 어리석은 일 같아 화가 났다. 그래서 반드시 강력한 무기를 갖추어 미국에서 저렇게 함부로 말하지 않고 우방으로 잘 지낼 힘을 우리가 길러야 한다는 생각이다.

우려하던 일이 기어이 현실로 다가왔다. 주한 미국 완전 철수를 공약으로 내세운 지미 카터가 대통령에 당선되었다. 당연히 한미관계는 악화되었다. 한미관계는 최악의 상태로 변하고 학생들까지 반미시위를 벌였다. 나는 핵 개발도 다시 추진하기 시작하고 주한 미군 철수에 대항하는 협상 카드로 쓰기로 작전을 세웠다. 결국, 1979년 2월 주한미군 철수 보류 결정이 발표되었다. 카터가 한국을 방문해 한미정상회담을 개최하였다.

마치 인심을 쓰듯 지미 카터가 한국을 방문해 한미정상회담을 할 때 우선은 힘을 키울 때까지 우정을 가져야 한다는 생각으로 회담을 이끌었다. 그 결과 철수 보류 결정이 발표되었지만 언제 또 무슨 이유로 주한미군 철수를 주장할지 모르기에 힘이 없음이 수치스럽게 느껴졌다. 어떻게 해서든 5년 안에 미국의 도움 없이 나라를 지킬 무기를 만들고 말겠다는 결심을 하며 구체적인 계획서를 밤새워 만들었다.

밤을 새워 나라 걱정을 하는 나의 건강을 염려하며 아내의 빈자리를 채워주는 근혜의 고운 심성에 잠시 멍하니 딸 생각을 한다. 그리고 혼잣말을 했다. '임자, 당신은 어느 멋진 곳을 여행하느라 이리 오래 집을 비워 임자 대신 근혜를 너무 고생시키는구려. 나 때문에 결혼도 안 하는 것 같아 가슴이 쓰리고 아프구려, 내 임자를 만나면 따질 것이요. 이 힘든 나라와 국민과 우리 가족을 이렇게 배신하고 어찌 홀로 훌쩍 떠나 돌아오지 않느냐고.'

그러나 세상을 꺾고 가난을 뒤집은 희대미문(稀代未聞)의 영웅 박정희 대통령에게 역사는 1979년 10월 26일 아내에게 따지러 갈 비행기를 준비해 두고 있었다.

민족중흥의 아버지

바지 입은 구름은 치마를 찾아 온종일을 탕진한다. 때리는 주인의 손을 핥는 개가 다정스러움으로 걸어오는 오후. 나라를 모욕한 사람들조차 소중하게 생각하고 믿어왔었지만, 그 믿음은 배반의 검은 꽃이었다. 그 검은 꽃의 손에 의해 한 시대를 암흑으로 만들어버리는 일이 일어났다. 한쪽 다리를 잃은 사람, 두 다리 모두를 잃은 사람, 한쪽 눈을 잃은 사람, 한쪽 팔을 잃은 사람, 두 팔을 잃은 사람 모두가 잃은 것을 그리워하지만 한번 잃어버린 것들이 다시 돌아오는 일은 없다.

그럴 때마다 침울하게 눈을 감고 입을 다물고 턱을 괴고 고개를 떨구면서 그리움에 몸부림쳐야 할 것이다. 희대미문(稀代未聞)의 영웅을 감히 어둠 속으로 끌고 간 잔학무도한 배신의 검은 꽃 앞에 눈은 눈물을 방류하고 가슴은 찢어지는 고통을 호소하고 남아 있는 시간은 고통을 멈추지 않을 것이다. 희대미문(稀代未聞)의 영웅은 자신이 가장 믿고 가까이 두었던 배신의 검은 꽃에 의해 목숨을 빼앗기고 어떤 말로도 위로되지 못할 슬픔을 국민의 가슴에 붉게 뿌리며 다른 별나라로 가버렸다.

희대미문(稀代未聞)의 영웅 박정희 대통령에게 쏟아지는 빛나는 찬사는 헐벗고 굶주린 세계 최빈국인 나라를 단 20년 만에 눈부신 경제 발전으로 이끈 세계 역사에 유례를 찾아볼 수 없는 최단기에 눈부신 발전을 거듭해 세계 강국으로 가는 길을 닦았다는 평가들이 세상을 뒤덮고 있었다. 세계의 수많은 개발도상국이 박정희 대통령과 같은 지도자를 원하고 있다. 그리하여 자신의 나라에도 한강의 기적을 이루고 싶다고 했다.

박정희 대통령은 자신을 오직 나라와 국민을 위해서 불살랐다. 먹구름이 밀려왔고 천둥·번개가 하늘을 쩍쩍 갈랐다. 세상은 비틀거렸다. 새들이 거품을 내뱉으며 땅바닥으로 내려앉고 곤충들은 무시무시한 소리를 지르며 분하다는 듯 이빨을 빠득빠득 갈았다. 강물은 붉은 피를 토해내고 바람은 고개를 처박은 채 나무의 겨드랑이를 파고들었다. 물고기 눈알은 빨갛게 충혈되어 비틀거리며 전속력으로 둥둥둥 북을 두드린다.

달빛 별빛들은 밤하늘에 널브러진 빛들을 해독하려는지 뾰족한 각도로 사막을 향해 달린다. 바퀴도 없는 별들은 본능적으로 멈추고 말 것이다. 더이상 움직이지 않는 자리에서 또 하루살이들은 모여들어 산란하고 사라지겠지. 그들의 슬픈 메아리는 날이 밝으면 바글바글 땅에 모여 고향으로 사라질 것이다. 슬픔이 자꾸 벙글어 터질 것 같다. 그러나 그 모든 것은 지구라는 감옥 속에 갇힌 죄수일 뿐인 걸 그들은 알까?

발톱을 물어뜯는 고양이는 수고양이고 손톱을 물어뜯는 고양이는 암고양이다. 손톱이나 발톱들은 톱이란 동류항의 이름이지만 아무리 날카롭게 날밤을 새운들 한 몸이 되지는 못한다. 고양이

꼬리에는 무수한 질문이 들어있다. 그 질문을 펴는 시간은 밤에 담을 넘는 시간이다. 살금살금 유리 조각이 박힌 담을 넘을 때 고양이는 질문의 꼬리를 쫘악 편다. 그 이유는 밤에 피는 장미가 함께 담을 넘으며 붉은 등을 비춰주기 때문이다.

말하자면 위로를 받는 것이다. 고양이는 자신의 꼬리에서 꽃이 핀다고 믿는 것이다. 그것이 비운이라도 좋고 행운이라도 상관없다고 믿는다. 자신의 털처럼 부드러운 꽃이 핀다고 믿기 때문이다. 고양이는 자신의 목적을 위해 장미와 함께 담을 넘다가 목적을 이루고 나면 밤장미와 헤어진다는 생각을 한다. 밤장미는 가시가 아무리 강해도 목적을 이루면 인연을 매혹시킨 검은 고양이란 것을 모른다.

어둠 속에서 장미는 고양이가 함께 손잡아 줄 것이라는 연민을 믿었고 고양이는 자신의 목적을 위해 밤장미를 이용할 뿐이란 걸 아는 사람은 없었다. 고양이처럼 부드럽고 고운 질감 속에 남을 헤치는 질감이 자라고 있다는 걸 가시를 가진 밤장미는 알지 못했다. 자신의 내면을 숨기기 위해 부드럽게 할금거리며 움직이는 고양이를 믿은 장미 가시는 대원들과 모여 무덤을 파고 있었다.

고양이와 함께 지낸 세월을 믿음이란 향기로 착각하며 살았다. 그 향기가 배반이란 이빨을 가진 도둑고양이였던 걸 몰랐다. 헤어지는 것은 다시 태어나는 것과 같다는 생각으로 고양이를 믿었다. 누가 뭐래도 고양이와 수천 밤을 함께했었다. 박정희 대통령은 안

개가 끼어 아득한 나라를 홀로 고독하게 가슴에 품고 출렁출렁 미래의 다리를 놓을 때 참혹하고 비참한 감옥에 갇혀서 형벌을 받는 느낌이었다.

나라의 지도자로서 꽁꽁 언 얼음 위를 맨발로 건너는 생쥐의 심정으로 건너면서 발이 얼어 터지는 줄도 몰랐다. 천 개의 눈을 붉게 뜨고 그의 곁을 그토록 가까이서 함께 했는데도 너무 먼 당신이 되고 먼 나무가 되어버린 천형(天刑).

희대미문(稀代未聞)의 영웅

42

새마을운동은 세계 각국에서 배워갈 정도다.

새마을운동을 전수하기 위해 148개국 연수생이 다녀갔다.

그리고 46개국 이상의 나라가 공식적으로 새마을운동을 국가 개발 전략으로 도입하여 배우고 있다.

새마을운동을 적극적으로 배우는 주요 국가는 주로 아시아 아프리카 중남미의 개발 개발 도상국들이 자국의 농촌 개발과 가난 극복을 위해 우리나라를 찾고 있다. 최빈국에서 최상국에 가깝게 발돋움한 원동력을 배우기 위해서다.

아시아에는 몽골 네팔 캄보디아 라오스 베트남 인도네시아 스리랑카 키르기스스탄 동티모르 등이 있다.

몽골에서는 *우리도 대한민국처럼 잘살 수 있다는* 희망으로 정부 차원에서 싶은 관심을 보이며 새마을운동을 전개해 나가고 있다.

동남아에서는 캄보디아 인도네시아 등 나라에서는 대학교 내에 *새마을학과* 신설이 추진되기도 했다.

아프리카에는 우간다 르완다 세네갈 에티오피아 탄자니아 부룬디 잠비아 코트디부아르 등이다.

우간다는 15개 시범 마을로 시작해 현재는 360개 이상의 자립마을을 운영하며 아프리카 내에 새마을운동의 거점 역할을 하고 있다.

세네갈은 아프리카 대륙 전체에 확산하기 위해 *새마을운동 연구소*가 설립되어 왕성하게 운영 중이다.

중남미 및 오세아니아는 피지 파푸아뉴기니 도미니카공화국 온두라스 파라과이 콜롬비아 등이다.

피지는 장관급 인사가 직접 참여하여 국가적인 차원에서 새마을정신으로 마을 개선 사업을 추진하며 나라의 발전을 위해 새마을운동 정신을 배우고 실천하고 있다.

또한, 외국인들이 한국으로 직접 와서 배우는 핵심 내용은 단순하게 기술을 배우는 것이 아니다.

그들은 **우리도 할 수 있다**는 정신 개조와 자립 역량 강화에 초점을 맞추어 배우고 있다. 예를 들면 다음과 같다.

새마을 정신 교육

근면 자조 협동의 3대 정신과 리더십 교육, 안되는 것을 되게 하자는 정신과 하면 된다는 정신에 중점을 두고 배우고 있다.

현장 교육 현장 교육

우리나라의 농촌 개발 현장을 답사하며 상하수도 시설과 주거 환경 개선 사례 스스로 길을 넓히고 힘을 합해 마을 일을 해나가는 것 등을 직접 현장에 가서 체험하도록 한다.

실행 계획

연수가 끝나면 자국으로 돌아가서 실제 마을에 적용할 구체적인 사업 계획서를 작성하고 어떻게 실행할 것인가를 공부한다.

지금은 글로벌 네트워크가 강화되어 더욱더 관심이 집중되고 있다.

2025년 9월 경주에서 열린 글로벌 새마을 협력국 장관회의에는 46개국 정부 대표가 참석하여 새마을운동의 성과를 공유하며 토론했다.

이제 디지털 및 스마트 새마을로 접어들었다.

단순한 농업 교육을 넘어 디지털 교육 시스템과 k 문화를 결합

한 스마트 새마을 모델이 새롭게 전수되며 세계적으로 새마을운동은 대한민국을 넘어 전 세계 개도국의 빈곤 퇴치와 지역 사회 발전을 돕는 세계적 표준 모델로 자리 잡았다.

148개국 연수생 배출과 46개국 이상의 정부 차원 도입 현황에 대해 새롭게 퍼져나가고 있다.

우간다는 아프리카의 대표적인 성공 모델이다.

정부가 새마을운동을 공식 국가 개발 모델로 채택하여 수백 개의 자립 마을을 운영하고 있다.

동티모르는 부총리가 직접 한국의 장관회의에 참석할 만큼 국가 재건 사업의 핵심으로 새마을운동을 활용하고 있다.

베트남은 대한민국의 농촌 개발 경험을 자국의 신 농촌 개발 운동에 접목해서 더욱 발전을 위해 노력하고 있다.

피지는 정부 예산과 인력을 직접 투입하여 시범 마을 주거 환경 개선 및 주민 의식 개혁 사업을 추진하며 대한민국처럼 선진국으로 가기 위해 발돋움하고 있다.

국제적으로 경제 안보 민주주의 역사적 영향의 인물로 평가되고 있는 희대미문(稀代未聞)의 영웅 박정희 대통령이 너무나 그리워진다.

동방의 등불은 결코 꺼지지 않았다.

비바람 속에서도 폭풍우 속에서도 포화가 번쩍이는 전쟁 속에서도 깊은 밤에 긴 터널 속에서도 등불은 항성(恒性)이 되어 타오르고 있다.

박정희 대통령은 무(無)에서 유(有)를 일구어낸 창조자다. 박정희 대통령이 일구어낸 그 많은 일은 굶주린 이들의 양식이 되고 희망이 없는 이들에게 꿈이 되고 깜깜한 암흑에 빛이 되었다.

박정희 대통령과 육영수 여사는 소외된 이웃들과 굶주린 이웃들의 안식처가 되었고 대륙의 경계를 넘고 시대의 경계를 넘어 번영이 곧 삶이 되는 풍요의 선순환을 증명해 낸 분들이다.

그들의 거룩하고 숭고한 정신은 어느 성전보다 숭고하고 거룩하며 광활한 대륙과 인류의 미래의 발판을 닦아놓아 영원히 지구상의 사람들에게 훌륭한 아버지와 어진 어머니로 기록될 것이다.

그리고 세상의 어둠을 걷어내고 가난이란 허물을 벗고 찬란한 빛으로 일렁이는 대한민국은 박정희 대통령 내외분의 정신문화에 힘입어 대한민국의 등불은 절대 꺼지지 않는다는 말을 증명해내며 아직도 우리들 가슴에 살아 숨 쉬고 있다.

희대미문(稀代未聞)의 영웅 박정희 대통령 내외분께 헌시(獻詩)를 바친다.

황무지

풀로 붙이지도 않았는데 하늘에 붙어

떨어지지 않는

해는

하늘의 심장

달은

하늘의 입

별은

하늘의 눈

님이시여!

당신들이 개간한 땅은

하늘의 심장

하늘의 입

하늘의 눈을 닮은 무공해 땅입니다

하늘의 키

몸무게

생김새를 알 수 없듯

당신들이 개간한

땅의 키

몸무게

생김새를 아무도 알지 못합니다

다만, 神만이 알뿐

우매한 국민의 능력으로는

황무지를 잘 설명하지 못합니다

세상을 다 안다며

자신을 모르는 하수처럼

다만, 가장 쓸모없는 땅의 대명사가

음양의 법칙에 따라

가장 쓸모있는 땅의 대명사로 바뀌고

희망이란 단어가

철자법 맨 마지막을 장식하듯

황무지란 땅 역시

마지막 음양오행의 시대에서 빛나기 위해

버려져 누구도 관심 두지 않았던 땅이

세계 중심의 땅이 되었습니다

님이시여!

당신들께서

소백산맥 ⑯

삽과 곡괭이로

굳은 땅을 파고

돌을 고르고

묵은 시간을 부드럽게 만들었습니다

이제, 세계 사람들이

한 번도 들어본 적 없다며

이 땅을 주목해

그 정신을 배우러 몰려드는

이 알쏭달쏭한 시간이

현실일까 꿈일까?

이 세상에 사라진 당신들 시간을

환영(幻影)이라도 보고 싶어 바글거리는 사람들

꽃이 진 뒤에야 봄이었음을 깨닫고

수 세기가 지나도

만질 수 없는 계절을

휘청휘청, 비틀비틀

기형으로 살아가고 있습니다.

17권으로 계속